KB220729

열
정

A Gyertyák Csonkig Egnek (Die Glut)
by Sándor Márai

© Heirs of Sándor Márai
Csaba Gaal (Toronto)

Korean Translation Rights © SOL Publishing Co.,
This edition is arranged with Mr. Csaba Leslie Gaal and Adelphi Edizioni
Through Pauline Kim Agency, Seoul Korea

SÁNDOR MÁRAI

DIE GLUT

산도르 마라이 지음　김인순 옮김

솔

차례

1

오전 나절, 장군은 양조장에서 시간을 보냈다. 그는 발효하기 시작한 포도주 통 두 개를 살펴보러, 아침 일찍 포도 재배인과 함께 그곳에 내려갔다. 포도주를 병에 담는 일을 끝내고 집에 돌아왔을 때는 열한시가 지난 뒤였다. 습기 찬 석조 타일 때문에 퀴퀴한 냄새가 나는 베란다의 기둥 사이에서 사냥꾼이 기다리고 있다가 편지를 내밀었다.

"무슨 일인가?"

장군은 무뚝뚝하게 물으면서, 불그스름한 얼굴에 그늘을 지운 챙 넓은 밀짚모자를 뒤로 밀어 올렸다. 그는 벌써 몇 년 전부터 오는 편지를 열어 보지도, 읽어보지도 않았다. 우편물은 관리인 사무실의 한 직원이 뜯어보고 정리하였다.

"어떤 심부름꾼이 가져왔습니다."

사냥꾼이 뻣뻣이 서서 말하였다.

장군은 필체를 유심히 보더니, 편지를 받아 호주머니에 찔러 넣었다. 그는 현관에서 말없이 사냥꾼에게 지팡이와 모자를 건네주었다. 그리고는 쌈지 주머니에서 안경을 꺼내 들고 창가로 가, 덧창 틈새로 스며드는 빛 속에서 편지를 읽기 시작하였다.

"기다리게."

사냥꾼이 모자와 지팡이를 들고 가려 하자, 장군은 어깨 너머로 말하였다.

그는 편지를 다시 호주머니에 밀어 넣었다.

"칼만에게 여섯시에 마차를 준비하라고 전하게. 비가 내릴 테니, 덮개 달린 마차를 메야 할걸세. 그리고 행사용 제복을 입으라고 하게. 자네도 마찬가지야."

그는 갑자기 화난 사람처럼 힘주어 말했다.

"빈틈없이 준비하라고 하게. 당장 마차와 마구를 반지르하게 닦고 제복을 입고, 알아들었나? 자네가 칼만 옆 마부석에 앉게."

"알겠습니다, 주인님."

사냥꾼은 말하면서 장군의 눈을 빤히 쳐다보았다.

8

"여섯시까지 준비시키겠습니다."

"여섯시 반에 출발하게."

장군은 수를 헤아리는 듯 소리 없이 입술을 움직였다.

"흰독수리 호텔에 가서, 내가 보냈으며 소령님을 위해 마차가 대기하고 있다고 말하게. 그대로 한번 따라 해보게."

사냥꾼은 시키는 대로 따라 말했다. 그러자 장군은 다른 생각이 떠오른 양, 한 손을 치켜들고 천장을 응시하였다. 그러나 아무 말 없이 그대로 이층으로 올라갔다. 사냥꾼은 차려 자세로 장군의 뒷모습을 멍하니 지켜보았다. 그는 어깨가 넓고 그리 크지 않은 건장한 모습이 석조 난간을 돌아 사라질 때까지 꼼짝하지 않았다.

장군은 방으로 들어가 손을 씻고, 좁고 높다란 책상 앞으로 갔다. 녹색 모직 책상보에는 여기저기 잉크 얼룩이 있었으며, 펜과 잉크 그리고 여러 권의 공책이 놓여 있었다. 학생들이 사용하는 숙제장처럼 마름모 무늬의 방수포 커버로 덮인 공책들은 한 치의 어긋남도 없이 차곡차곡 쌓여 있었다. 책상 한가운데에 녹색 갓을 씌운 전등이 있었다. 방 안이 어스름했기 때문에, 장군은 전등 스위치를 켰다. 닫힌 덧창 뒤편의 바싹 메마르고 시든 정원에서는, 떠나기 전 분노에 불타 들판에 불을 지르는 방화범처럼 여름이 최후의 불꽃을 휘두르며 광분했다. 장군은 편지를 꺼내 들어 꼼꼼하게 판판히 폈다. 그리고는 콧등에 안경을 걸치고 밝은 불빛 아래에서, 길쭉한 필체로 반듯하게 쓰인 짧은 편지를 읽었다. 그는 손을 뒷짐 졌다.

벽에 주먹만한 숫자가 큼직큼직하게 쓰인 달력이 걸려 있었다. 8월 14일. 장군은 시선을 천장에 고정시키고 날짜를 헤아렸다. 8월 14일 그리고 7월 2일. 오래 전 과거 어느 날과 오늘 사이에 얼마나 많은 시간이 흘렀는지 계산했다. 사십일 년, 그러더니 결국 나지막이 소리내어 말했다. 최근 들어 그는 방에 혼자 있는데도 큰소리로 말하곤 했다. 사십일 년, 그는 당황하여 한 번 더 말했다. 그리고 과제가 너무 어려워 혼란에 빠진 학생처럼, 얼굴을 붉히고 고개를 숙인 채 눈물 어린 눈을 감았다. 노란 옥수수빛 재킷 칼라 위로 목이 붉게 부풀어올랐다. 1899년 7월 2일, 그날 사냥을 했지, 그의 웅얼거림이 침묵으로 이어졌다. 그는 시험 공부하는 학생처럼 책상을 팔꿈치로 받치고,

손으로 쓴 몇 줄의 편지를 다시 신중하게 응시했다. 사십일 년, 그는 쉰 목소리로 같은 말을 되풀이했다. 그리고 사십삼일. 그래, 정확히 그렇지.

이제 평정을 되찾은 듯, 그는 방 안을 이리저리 오가기 시작했다. 방 한가운데에 기둥 하나가 높은 원형 천장을 받치고 있었다. 원래 이 방은 침실과 탈의실, 두 개의 공간으로 나누어져 있었다. 아주 오래 전, 그는 십 년 단위로 생각했다. 정확한 숫자는, 기억하고 싶지 않은 일이라도 생각나게 하는 양 부러 피했다. 아주 오래 전, 그는 두 방 사이의 벽을 헐게 하고, 가운데 천장을 받치고 있던 기둥 하나만을 그대로 남겨두었다. 성은 오스트리아 기병들에게 귀리를 납품하고 나중에 귀족이 된 한 군수품업자가 이백여 년 전에 지은 것이었다. 장군은 이곳, 이 방에서 세상에 태어났다. 정원과 작업장 쪽으로 창문이 난 뒤편 어두운 방이 당시 어머니의 침실이었다. 반면에 이쪽 더 밝고 큰 방은 탈의실로 사용되었다. 그가 가운데 벽을 허물고 성의 이편으로 옮겨온 몇십 년 전부터 두 개의 방은 하나의 어스름한 큰 공간으로 바뀌었다. 문에서 침대까지 정확히 열일곱 걸음, 정원 쪽 벽에서 발코니까지는 열여덟 걸음이었다.

그는 이곳에서 특별한 공간에 길들여진 병자처럼 살았다. 방이 마치 그를 위해서 만들어진 것 같았다. 황금빛 샹들리에가 화려하게 늘어지고, 초록색, 푸른색, 붉은색 살롱들이 줄지어 있는 성의 다른 편에 그가 발걸음을 끊은 지 수십 년이 지났다. 그곳의 창문들은 넓은 정원과 밤나무들을 향해 있었다. 반원형으로 늘어선 밤나무들은 봄이면 발코니 난간 위로 가지를 늘어뜨렸으며, 무성한 짙푸른 잎새들은 장밋빛 촛불들과 어우러져 나선형 돌난간, 오동통한 천사들이 떠받치고 있는 성 남쪽 편의 밖으로 튀어나온 난간을 빙 둘러쌌다. 그는 비가 오든 눈이 오든 하루도 거르지 않고 양조장이나 숲, 아니면 송어 연못에 갔다. 그리고 집으로 돌아올 때는 현관을 지나 그의 방으로 올라갔다. 그리고 식사도 이곳에서 했다.

"그러니까 그가 돌아왔단 말이지."

그는 방 한가운데서 걸음을 멈추고, 큰소리로 말했다.

"사십일 년하고 사십삼일 후에."

사십일 년 사십삼일이 얼마나 긴 시간인지 처음 깨달은 사람처럼, 그는 갑자기 피곤해 보였다. 그는 휘

청거리는 걸음으로 팔걸이가 닳아 번들거리는 가죽 소파에 가 앉았다. 손이 미치는 작은 탁자 위에 은종이 놓여 있었다. 그는 종을 울렸다.

"니니를 부르게."

그가 하인에게 말했다. 그런 다음 정중하게 덧붙였다.

"내가 부탁한다고 하게."

2

니니는 올해 아흔한 살이었다. 그녀는 지체 없이
나타났다. 그녀가 장군의 요람을 흔든 곳도 이 방이었
고, 장군이 태어났을 때 그녀가 서 있던 곳도 이 방이
었다. 그때 나이 열여섯 살이었으며, 한창 아름다웠
다. 그녀는 키는 작았지만, 몸 속에 비밀을 품고 있는
듯이 강인하고 침착했다. 마치 그녀의 뼈, 피, 살 속에
시간이나 삶의 비밀, 말로 표현할 수 없기 때문에 누
구에게 이야기할 수도, 언어로 옮길 수도 없는 그런
비밀이 숨어 있는 것 같았다. 그녀는 마을 우체국 직
원의 딸이었다. 열여섯 살에 아이를 낳았는데, 누구
의 아이인지 몰랐다. 아버지는 그녀를 집에서 내쫓았
고, 젖이 많았던 그녀는 성에 들어와 갓 태어난 아기
에게 젖을 먹였다. 그때 가진 것이라고는 몸에 걸친

14

옷과 편지 봉투 속에 간직한 죽은 아이의 곱슬머리 한 가닥뿐이었다. 출산을 도우러 왔던 그녀는 그렇게 성에서 일자리를 얻었다. 장군이 세상에 태어나 처음 삼킨 것은 니니의 젖이었다.

그녀는 그렇게 성에서, 말없이 미소를 지으며 칠십오 년이라는 세월을 살았다. 성에 사는 사람들은 서로 무엇인가에 주의를 환기시키듯이 그녀의 이름을 불렀다.

"니니."

그들이 이 이름을 말하면, '이기심, 정열, 허영심 아닌 다른 것, 니니가 이 세상에 존재하다니, 그 얼마나 놀라운가……' 라는 뜻으로 들렸다. 그녀가 늘 적재적소에 있었기 때문에, 사람들은 그녀를 미처 알아차리지 못했다. 그리고 그녀가 항상 좋은 기분이었기 때문에, 사랑한 남자가 그녀를 버리고, 그녀의 젖을 먹어야 할 아이가 세상을 떠났는데도 어떻게 기분이 좋을 수 있는지 물어볼 생각을 못했다. 그녀는 장군에게 젖을 먹였고 그를 키웠으며, 그리고 칠십오 년이란 세월이 지나갔다. 이따금 태양이 성 주변과 가족을 밝게 비출 때가 있었고, 그렇게 환히 빛나는 순간이면

15

니니가 미소짓고 있다는 것을 사람들은 놀라 깨달았다. 그런 다음 백작 부인, 장군의 어머니가 세상을 떠났다. 니니는 죽은 자의 땀에 절은 차가운 흰 이마를 식초 적신 수건으로 닦았다. 그리고 어느 날 말에서 떨어진 장군의 아버지가 들것에 실려 왔다. 그는 오년을 더 살았는데, 니니가 그를 간병했다. 그녀는 그에게 프랑스 책들을 읽어주었다. 프랑스 말을 하지 못했기 때문에, 알파벳을 느릿느릿 하나하나 읽어 낱말로 연결지었다. 그러나 병자는 알아들었다. 그런 다음 장군이 결혼을 했다. 갓 결혼한 부부가 신혼 여행에서 돌아왔을 때, 니니는 성문에서 그들을 맞이했다. 그녀는 다시 미소지으면서 새 여주인의 손에 입맞추고 장미를 바쳤다. 이 순간을 장군은 가끔 뇌리에 떠올리곤 했다. 그리고 십이 년 후, 장군의 부인이 죽었다. 니니는 무덤을 가꾸고, 고인이 남긴 옷을 관리했다.

집 안에서 그녀는 직위도, 직함도 가지고 있지 않았다. 그러나 사람들은 그녀가 발휘하는 힘을 느꼈다. 니니가 아흔 살이 넘었다는 것을 장군 말고는 아무도 몰랐다. 그런 이야기를 하는 사람도 없었다. 유랑 인형 극단의 작은 무대 위에서 보이지 않는 전류가 인형들을 움직이듯이, 니니의 힘은 집, 사람, 벽, 물건들을 뚫고 흘렀다. 그녀가 다잡지 않으면, 집과 물건 들이 낡은 천 조각처럼 닿기만 해도 홀연히 바스라져버릴 것 같은 느낌이 들 때가 있었다. 부인이 세상을 떴을 때, 장군은 여행을 떠났다. 일 년 후 여행에서 돌아온 그는 옛날 어머니 방으로 거처를 옮겼다. 전에 부인과 함께 살았던 새로 지은 쪽, 프랑스 비단 벽지가 해지기 시작한 화려한 살롱들, 벽난로와 책이 있는 넓은 응접실, 사슴뿔과 박제한 새와 영양 머리가 걸려 있는 층계참, 창문을 통해 골짜기와 작은 시가지, 멀리 은빛 푸르스름한 산들이 보이는 커다란 식당, 부인의 방과 그 옆 자신의 침실, 그는 이 모든 것의 문을 걸어 잠그게 했다. 삼십이 년 전 그의 부인이 죽고 외국 여행에서 그가 돌아온 이후, 니니와 하인들만이 일 년에 한 번씩 청소하기 위해서 그곳에 발을 들여놓았다.

"니니, 앉게."

장군은 말했다.

유모가 자리에 앉았다. 지난해, 그녀는 부쩍 늙었다. 아흔 살이 지나면, 오십대나 육십대와는 다르게 늙는다. 서글픔이나 원망 없이 늙는다. 니니의 주름진 얼굴은 장밋빛이었다. 고귀한 천, 가족 모두 힘을 합해 온갖 정성과 꿈을 엮어 만든 몇백 년 묵은 비단이 그렇게 낡는다. 일 년 전, 그녀의 한쪽 눈이 백내장에 걸렸다. 그 눈은 이제 슬픈 회색빛으로 보였다. 나머지 눈은 원래 그대로 푸른빛, 8월의 산중 호수처럼 시간을 초월한 푸른빛을 띠고 있었다. 미소짓는 눈. 니니는 언제나처럼 짙푸른색 옷을 입고 있었다. 짙푸른색의 모직 치마와 수수한 블라우스. 칠십오 년 동안 새 옷을 입어본 적이 없는 것 같았다.

"콘라드에게 편지가 왔네."

장군은 편지를 높이 들어 보였다.

"자네도 기억하지?"

"네."

니니가 대답했다. 그녀는 모든 것을 기억했다.

"그가 이곳 시내에 있다네."

장군은 아주 중요한 비밀이나 되는 듯이 말했다.

"지금 흰독수리 호텔에 머물고 있는데, 오늘 저녁 이곳에 올 걸세. 그를 데리러 보낼 생각이네. 여기에서 식사할 걸세."

"여기 어디 말인가요?"

니니는 조용히 물었다. 그녀는 푸른 눈, 생기 넘치는 미소 띤 눈으로 방 안을 둘러보았다.

성에서 손님을 맞지 않은 지가 햇수로 이십 년을 헤아리고 있었다. 간혹 점심 식사하러 오는 방문객들, 시청의 관리들이나 대규모 사냥 몰이의 손님들은 사시사철 대기하고 있는 숲의 별장에서 관리인이 대접했다. 침실, 욕실, 주방, 사냥꾼들을 위한 큼직한 방, 툭 트인 베란다, 시골풍의 식탁 등 모든 것이 손님 접대를 위해 밤낮으로 준비되어 있었다. 그런 기회가 있을 때면, 관리인이 식탁 끝에 앉아 장군의 이름으로 사냥꾼들과 관리들을 접대했다. 그렇다고 기분 상해하는 사람은 아무도 없었다. 집주인이 모습을 나타내지 않는 것을 모두들 알고 있었다. 성에는 신부만이 일 년에 한 번 겨울에, 카스파, 멜히오르, 발타자르*의 첫 글자를 성문 위에 분필로 쓰기 위해서 왔다. 이 집에 살다 세상을 떠난 사람들의 장례를 치른 신부였다. 그 밖에는 한 명도, 단 한 명도 오지 않았다.

"저편에서."

---

* 『성경』에 나오는 세 명의 동방 박사.

장군은 말했다.

"가능한가?"

"한 달 전에 청소를 했어요."

유모는 대답했다.

"가능할 거예요."

"여덟시에. 가능한가?"

어린아이처럼 긴장하고 흥분한 그는 물으면서 몸을 앞으로 숙였다.

"큰 홀에서. 지금 정오일세."

"정오."

유모는 말했다.

"그러면 여섯시까지 방을 환기시키고 식사를 준비하라고 이르겠어요."

그녀는 할 일을 헤아리고 시간을 계산하듯이 소리없이 입술을 움직였다.

"될 거예요."

그러더니 조용히 자신 있게 말했다.

장군은 몸을 앞으로 숙이고 그녀를 유심히 바라보았다. 두 사람의 인생은 노년을 맞아 덜그럭거리며 천천히 함께 앞으로 굴러갔다. 그들은 어머니와 자식,

부부 이상으로 서로에 대해 잘 알고 있었다. 그들을 한데 묶는 유대감은 어떤 종류의 혈연보다도 강했다. 그것은 젖 때문일지도 몰랐다. 아니면 피와 오물에 뒤범벅되어 세상에 태어난 장군을 맨 처음 본 사람이 니니였기 때문일 수도 있었다. 그들이 한 지붕 밑에서, 한솥밥을 먹고, 같은 공기를 숨쉬며 함께 살아온 칠십오 년 때문일 수도 있었다. 집 안의 퀴퀴한 곰팡이 냄새, 창문 앞의 나무, 모든 것을 그들은 함께 나누었다. 그리고 그 모든 것을 일일이 다 말할 수는 없었다. 그들은 남매도, 사랑하는 연인 사이도 아니었다. 세상에는 그것 아닌 다른 것이 존재한다고 그들은 막연하게 알고 있었다. 자궁 안 쌍둥이들의 결합보다 더 밀접하고 질긴 유대 관계가 있다. 삶은 그들의 낮과 밤을 뒤섞었으며, 그들은 상대방의 몸, 그리고 서로 무슨 꿈을 꾸는가까지도 알았다.

유모가 말했다.

"옛날 그대로이기를 원하세요?"

"그렇다네."

장군은 대답했다.

"옛날 그대로. 마지막 식사했을 때처럼."

"알겠어요."

그녀는 짧게 말했다.

그리고 그에게 다가가 몸을 숙이고, 그의 반지 낀 늙은 손, 검버섯 피고 핏줄이 튀어나온 손에 입맞추었다.

"흥분하지 않겠다고 약속하세요."

그녀가 말했다.

"약속하지."

장군은 고분고분하게 나지막이 말했다.

3

　다섯시까지 그의 방에서는 전혀 기척이 없었다. 다섯시가 지나자 그는 하인을 불러 차가운 목욕물을 준비시켰다. 점심 식사는 그대로 물리고 시원한 차 한 잔만을 마셨다. 그는 어스름한 방의 침상에 누워 있었다. 서늘한 벽 저편에서는 여름이 요란하게 들끓었다. 그는 작열하는 빛, 축 늘어진 나뭇잎 사이로 스치는 후텁지근한 바람 소리, 그리고 성에서 나는 온갖 소리에 귀를 기울였다.

　최초의 놀라움이 지난 지금, 갑자기 피곤이 엄습했다. 일생 동안 준비를 하는 것이 있다. 처음에는 당황하고, 시간이 지나면서 복수를 계획한다. 그리고 기다린다. 그는 오랫동안 기다려왔다. 당황이 언제 복수심과 기다림으로 바뀌었는지 그 자신도 알지 못했다. 시간은 모든 것을 간직한다. 그러나 동판에 인화한 해묵은 사진처럼 빛이 바랜다. 빛과 시간은 동판에 찍힌 얼굴 특유의 선명한 암영暗影을 지운다. 사진을 이리저리 돌려봐야 한다. 금속이 한때 받아들인 사람들을 불투명한 판 위에서 다시 알아보기 위해서는 특별한 빛의 굴절이 필요하기 때문이다. 그렇게 시간과 더불어 인간의 기억은 퇴색한다. 그러나 어느 날 어딘가에서 빛이 비치고, 다시 얼굴이 뚜렷이 보인다. 장군의 서랍 어디엔가 그런 낡은 사진들이 있었다. 아버지의 사진이었다. 소녀같이 숱 많은 곱슬머리에 근위대 소령 군복을 입고 어깨에는 근위병의 흰색 망토를 두르고 있었다. 반지 낀 한 손으로는 망토를 가슴 앞에 모아 잡고, 머리는 도도하게, 그러나 무엇인가에 자존심 상한 듯 옆으로 숙이고 있었다. 그는 어디에서, 무엇 때문에 자존심이 상했는지 결코 말한 적이 없었다. 빈에서 집으로 돌아오면, 그는 사시사철 하루도 거르지 않고 항상 사냥을 했다. 사슴이 보이지 않거나 금렵기일 때에는 여우나 까마귀를 사냥했다. 마치 죽이고 싶은 사람이라도 있어 늘 복수를 준비하는 것 같았다. 장군의 어머니, 백작 부인은 사냥꾼들의 성 출입을 금지시켰다. 그랬다. 그녀는 사냥을 연상시키는 모든 것, 총, 탄창, 낡은 화살, 박제한 새와 사슴의 머리, 사슴뿔을 금지하고 멀리했다. 당시 근위 장교는 수렵용 별장을 지었다. 그곳에 모든 것이 모아져 있었다. 벽난로 앞에는 커다란 곰 가죽이 놓여 있고, 벽에는 흰색 가죽을 깐 갈색 액자 안에 무기들이 걸려 있었다. 온갖 들짐승을 잡을 수 있는 벨기에와 오스트리아 산탄총, 영국산 칼, 러시아 사냥총. 그리고 별장 주변에서는 개들을 길렀다. 한 무리의 사냥개와 수색견. 그곳에는 눈가리개를 한 매 세 마리를 기르는 매잡이도 살았다. 장군의 아버지는 그곳 수렵용 별장에서 혼자만의 시간을 보냈다. 성에서는 식사 시간에만 그를 볼 수 있었다. 성의 벽은 파스텔 색조였다. 금빛 줄무늬의 밝은 푸른색, 초록색, 붉은색 비단 벽지가 벽을 장식했다. 벽지는 파리 근교의 직물 공장에서 생산한 것이었다. 매년 가을 고향의 가족을 방문할 때마다, 백작 부인은 프랑스의 공장과 상점에서 직접 벽지와 가구를 골랐다. 그녀는 이 여행을 한 번도 거른 적이 없었다. 그녀에게는 그럴 권리가 있었다. 그것은 이방인 근위 장교와 결혼할 때 결혼 계약에 들어 있었다.

'아마 여행 때문이었을 게야.'

장군은 생각했다.

그는 부모님이 서로 이해하지 못한 것을 여행 탓으로 돌렸다. 근위 장교는 사냥을 했다. 그는 다른 것과 다른 사람들, 낯선 도시, 파리, 성, 낯선 언어와 풍습이 존재하는 세상을 섬멸할 수 없었기 때문에, 곰과 노루, 사슴을 죽였다. 그래, 다 여행 때문이었을 게야. 그는 침상에서 일어나 옛날 어머니의 침실을 따뜻하게 덥혔던 불룩한 흰색 사기 난로 앞으로 갔다. 그 것은 백 년이 넘은 커다란 난로로, 게으른 뚱뚱한 사람이 자신의 이기심을 값싼 선행으로 은폐하기 위해 자비심을 베풀듯이 온기를 발산했다. 틀림없이 어머니는 이곳에서 추위에 떨었을 것이다. 방마다 높은 원형 천장을 한 숲 한가운데의 성은 너무 어두웠다. 그래서 방마다 밝은 벽지를 발랐으리라. 숲에서 항상 바람이 불어왔기 때문에, 그녀는 추위에 떨었다. 여름에도 마찬가지였다. 바람에서는 봄에 녹은 눈이 계곡을 넘실대며 흐를 때 풍기는 냄새가 났다. 어머니는 추위에 떨며, 쉬지 않고 흰색 난로에 불을 지펴야 했다. 그녀는 기적을 기다렸다. 그녀가 동유럽에 온 것은 정열이 이성보다 강했기 때문이었다. 근위 장교는 외교 사절로 근무하던 시절 그녀를 알게 되었다. 그는 1850년대에 파리의 대사관에서 연락 임무를 수행하였다. 그들은 어느 무도회에서 알게 되었으며, 이 만남은 피할 수 없는 숙명이었다. 음악이 연주되었고, 근위 장교는 백작의 딸에게 프랑스어로 말했다.

"제 고향에서는 감정이 더 강하고 결정적입니다."

외교 사절들을 위한 무도회였다. 눈이 내려, 거리는 흰색으로 뒤덮여 있었다. 그 순간에 왕이 홀에 입장했다. 모두 몸을 굽혀 절했다. 푸른색 연미복에 흰색 조끼를 입은 왕이 금빛 잔을 천천히 눈 높이로 들어 올렸다. 두 사람은 깊이 숙인 몸을 들어 올리면서 서로의 눈을 응시했다. 그 순간 그들은 인생을 같이 보내야 한다는 것을 알았으며, 창백한 얼굴로 당황하여 미소지었다. 옆방에서 음악이 연주되었다. 앳된 프랑스 여인이 말했다.

"당신 고향이라고요? 거기가 어디죠?"

그녀는 수줍게 미소지었다. 근위 장교는 고향을 말하였다. 두 사람이 주고받은 첫번째 친밀한 낱말은 고향 이름이었다.

일 년 뒤 가을, 그들은 집에 도착하였다. 베일을 쓴 이방인 여인은 담요를 덮고 마차 깊숙이 앉아 있었다. 그들은 산을 넘고 스위스와 티롤을 지났다. 그리고 빈에서 황제와 황후를 배알했다.* 황제는 교과서에 씌어진 대로 친절했다. 그가 말했다.

"주의하시오! 그가 데려가는 숲에는 곰이 있어요. 그도 곰이죠."

그는 미소지었다. 그 자리에 있던 사람들 모두 미소지었다. 황제가 헝가리 근위 장교의 프랑스 부인에게 농담을 한다는 것은 커다란 총애의 표시였다. 그녀는 대답했다.

"폐하, 오르페우스가 음악으로 들짐승들을 길들였듯이, 저 사람을 음악으로 길들이겠습니다."

그들은 향긋한 과일 냄새 나는 초원과 숲을 지났다. 국경을 넘자, 산과 도시들이 모습을 감추었다. 부인이 울기 시작했다.

"여보,"

---

* 당시 헝가리는 오스트리아 - 헝가리 제국이라는 이름으로 오스트리아에 합병되어 있었다. 오스트리아 황제가 헝가리의 왕을 겸임하였다.

그녀는 말했다.

"어지러워요. 여기에서는 모든 게 끝이 없어요."

헝가리의 초원, 무겁게 떠도는 가을 대기에 취한 황량한 평원이 그녀를 어지럽게 했다. 추수가 끝난 평원, 몇 시간이고 울퉁불퉁한 길을 달려야 하는 평원. 하늘에는 두루미들만이 날고, 전쟁 후 퇴각하는 군대의 뒤를 따라 상처받은 자연이 죽어갈 때처럼, 약탈당한 옥수수 밭들이 길가를 따라 처량하게 이어지는 평원. 근위 장교는 마차에 말없이 팔짱을 끼고 앉아 있었다. 아니면 이따금 말을 가져오게 하여 한참 동안 마차 옆을 달렸다. 그는 고향을 처음 보는 사람처럼 바라보았다. 그들이 투숙한 집들, 정원에 둘러싸여 초록색 덧창과 흰색 베란다가 보이는 나지막한 집들, 그의 민족이 사는 집. 가구 하나하나, 심지어 장롱 안의 냄새까지도 친숙한 한기가 도는 방들을 유심히 바라보았다. 풍경이 불러일으키는 고독과 우수가 전에 없이 그의 가슴 깊숙이 젖어들었다. 그는 우물, 메마른 들녘, 자작나무 숲, 평원을 덮고 있는 저녁 하늘의 장밋빛 구름을 부인의 눈으로 바라보았다. 그들 앞에서 고향이 열렸다. 근위 장교는 그들을 맞아들이는 풍경이 바로 그들의 운명이라는 것을 두근거리는 가슴으로 느꼈다. 부인은 마차 깊숙이 앉아서 침묵을 지켰다. 이따금 그녀는 손수건으로 얼굴을 훔쳤다. 그럴 때마다 남편은 안장에서 몸을 굽히고, 묻는 눈빛으로 눈물 젖은 눈을 응시했다. 그러나 부인은 계속 가겠다는 뜻을 밝혔다. 그들은 서로 묶여 있었다.

처음에는 성이 그녀에게 위로가 되었다. 아주 넓은 데다가, 숲과 산이 성을 평원으로부터 격리시켜서, 성은 낯선 고향에서 집처럼 느껴졌다. 그런 다음 연이어 수송 마차들이 도착했다. 가구, 아마, 정교한 무늬의 비단, 동판화를 실은 마차들이 매달 한 대씩, 파리에서, 빈에서 도착했다. 부인이 음악으로 들짐승들을 길들일 생각이었기 때문에 피아노를 실은 마차도 있었다. 그들이 집을 정리하고 이곳에서의 삶을 시작했을 때는 산에 첫눈이 쌓인 뒤였다. 위협적인 북방의 군대가 진지를 포위하듯이, 눈이 성을 격리시켰다. 밤이면 노루와 사슴이 숲에서 나와 달빛 비치는 흰 눈 속에 서 있었다. 그들은 고개를 숙이고 진지한 눈빛으로 불 밝은 창문을 응시하였다. 성에서 흘러나오는 음악을 듣는 그들의 눈이 신비하게 푸른빛으로 빛났다.

"봐요……"

부인은 피아노를 치면서 미소지었다. 2월에 추위에 쫓긴 늑대들이 산 밑으로 내려왔다. 하인과 사냥꾼들이 정원에 불을 피웠다. 불에 갇힌 늑대들은 울부짖으며 맴돌았다. 근위 장교는 칼을 빼 들고 그들에게 돌진했다. 부인이 창문으로 그 광경을 보았다. 그들이 함께 나눌 수 없는 것이 있었다. 그러나 그들은 서로 사랑했다.

장군은 어머니의 초상화 앞으로 다가갔다. 머리를 길게 땋아 늘어뜨린 황후의 초상화를 그린 빈 화가의 작품이었다. 근위 장교는 황제의 서재에서 그 그림을 보았다. 여름날 플로렌스 아가씨들처럼, 그림 속의 백작 부인은 꽃을 꽂은 장밋빛 밀짚모자를 쓰고 있었다. 금빛 액자 속의 초상화는 서랍이 줄줄이 달린 벚나무 서랍장 위에 걸려 있었다. 서랍장은 어머니의 것이었다. 장군은 서랍장을 두 손으로 받치고 초상화를 올려다보았다. 젊은 어머니는 고개를 약간 옆으로 돌리고, 진지하면서도 부드러운 눈빛으로 허공을 응시했다. 마치 "왜?" 하고 묻는 것 같았다. 그것이 그림의 의미였다. 표정은 기품이 있었으며, 망사 장갑을 낀

손과 팔, 그리고 목은 깊게 파인 드레스 밖으로 드러
난 하얀 어깨와 가슴처럼 감각적이었다. 그녀는 이방
인이었다. 두 사람은 말없이 싸웠다. 그들의 무기는
음악, 사냥, 여행과 무도회였다. 붉은빛이 휘감듯이
성을 환하게 불 밝힐 때면, 마구간은 말과 마차로 가
득 차고, 커다란 층계의 네 계단마다 제복을 입은 하
인들이 열두 개의 초가 꽂힌 은촛대를 들고 전람실의
밀랍 인형처럼 부동 자세로 서 있었다. 삶이 절망적인
축제, 나팔수가 나팔을 불어 무도회 참석자들에게 불
길한 명령을 알리는 것으로 끝나는 비극적이고 장엄
한 향연인 것처럼, 음악, 빛, 목소리 그리고 몸에서 풍
기는 향기가 방마다 소용돌이쳤다. 그때의 무도회 광
경이 지금도 장군의 뇌리에 생생했다. 마구간에 더는
자리가 없었기 때문에, 말과 마부가 눈 내린 정원의
모닥불 주변에 둘러 서 있을 때도 있었다. 이곳에서는
왕이라고 불리는 황제도 한번 온 적이 있었다. 그는
흰색 깃털을 꽂은 기마병들의 호위를 받으며 마차를
타고 왔다. 황제는 이틀 머물렀으며, 숲에서 사냥을
하고 성의 다른 편에 묵었다. 그는 철제 침대에서 자
고, 여주인과 춤을 추었다. 그들이 춤을 추면서 이야

기를 나누는 동안, 부인의 눈에 눈물이 넘쳤다. 왕은 춤을 중단했으며, 몸을 굽혀 절한 다음 부인의 손에 입맞추고, 시종들이 반원으로 둘러 서 있는 옆방으로 부인을 인도했다. 그는 근위 장교에게 부인을 넘겨주고 그녀의 손에 한번 더 입맞추었다.

"무슨 이야기를 했소?"

근위 장교는 나중에, 아주 나중에 부인에게 물었다.

그러나 부인은 대답하지 않았다. 타국에서 왔으며 춤추면서 눈물을 흘린 부인에게 왕이 무슨 말을 했는지 아무도 알지 못했다. 그리고 그것은 두고두고 이야깃거리가 되었다.

4

서서히 바스러지는 잿빛 비단이나 검은 수의에 싸인 옛날 여인들과 남자들의 유골이 부패하는 호사스런 대형 석조 무덤처럼 집은 모든 것을 품고 있었다. 그것은 신앙 때문에 박해당하는 죄수, 지하 감방의 썩고 곰팡이 핀 밀짚 속에서 해어진 옷, 덥수룩한 수염, 혼미한 정신으로 여위어가는 죄수를 싸안듯이 정적까지 싸안았다. 집은 죽은 자들을 향한 추억도 품고 있었다. 낡은 집, 습기 찬 지하실의 버섯, 박쥐, 쥐와 투구벌레 들처럼, 추억은 여기저기 곰팡이 핀 방 구석구석에 숨어 있었다. 문손잡이를 잡는 손이 떨렸다, 오래 전 지나간 순간의 흥분이 되살아났다. 손잡이를 누르는 손이 주춤했다. 한때 정열이 격랑처럼 휘몰아쳤던 집은 그런 이해할 수 없는 일들로 가득 차 있다.

장군은 어머니의 초상화를 자세히 들여다보았다. 갸름한 얼굴 생김새 하나하나가 눈에 선했다. 눈은 졸린 듯한 슬픈 경멸의 표정을 담고 영원을 응시했다. 과거 여인들은 자신들이 목숨을 바치는 사람들과 자신들에게 죽음을 내리는 사람들을 향한 경멸에 가득차, 그러한 시선으로 단두대에 발을 디뎠다. 브르타뉴 바닷가에 그의 어머니 가문 소유의 성이 있었다. 어느 해 여름, 장군은 그곳에 따라갔다. 아마 여덟 살무렵이었을 것이다. 당시 그들은 아주 느리긴 했지만 벌써 기차로 여행했다. 짐칸에는 어머니 이름의 첫 글자를 수놓은 여행 가방이 아마 덮개에 싸여 있었다. 파리에는 비가 내렸다. 아이는 푸른 비단 휘장을 친 마차에 앉아, 통통한 물고기 배처럼 빗속에서 미끈거리며 빛나는 시가지를 김 서린 차창을 통해 바라보았다. 젖은 하늘의 지저분한 장막 속으로 비스듬히 솟구쳐, 이해할 수 없는 다른 운명의 비밀을 알리는 듯하는 높은 굴뚝과 치솟은 지붕들이 눈에 들어왔다. 여인들이 치맛자락을 손으로 들어 올리고 웃으면서 빗속을 지나갔다. 비, 낯선 도시, 프랑스 말이 아이만 이해할 수 없는 신비하고 유쾌한 것인 양 그들의 치아가

번쩍였다. 그는 여덟 살이었고, 진지한 표정으로 마차에 앉아 있었다. 그의 옆에는 어머니, 맞은편에는 하녀와 가정 교사가 자리했다. 그는 자신이 임무를 띠고 있다고 느꼈다. 다들 그를, 멀리 곰이 사는 숲에서 온 작은 야만인을 관찰했다. 그는 프랑스 낱말들을 신중하게, 조심스럽고 세심하게 발음했다. 그는 자신이 아버지, 성, 개, 숲을 대신하여, 떠나 온 고향을 대신하여 말한다는 것을 알았다. 성문이 열리고, 마차가 커다란 뜰 안으로 들어갔다. 넓은 층계 앞에서 프랑스 하인들이 몸을 굽혔다. 모든 게 웬일인지 적대적으로 보였다. 그는 모든 것이 곤혹스러울 정도로 정확하게, 위협적으로 제자리에 있는 여러 개의 방을 지나갔다. 이층의 커다란 홀에서 프랑스 할머니가 그를 맞이했다. 할머니의 눈은 회색빛이었고, 윗입술에 검은 솜털이 나 있었다. 한때 붉은색이었으며, 시간이 씻는 것을 잊어버린 듯 이제 지저분한 색으로 변하기 시작한 머리는 위로 높이 틀어 올리고 있었다. 할머니는 아이에게 입맞추고, 얼굴을 자세히 뜯어보기 위하여 앙상한 하얀 손으로 아이의 머리를 뒤로 제쳤다.

"똑 닮았어."

할머니는 그의 어머니에게 말했다. 어머니는 시험이라도 치르는 듯, 아니면 지금 곧 무슨 일이 판명되기라도 할 듯 걱정스러운 표정으로 그의 옆에 서 있었다. 그리고 보리수나무 꽃차를 마셨다. 어디에서나 이상한 냄새가 났다. 아이는 어지러웠다. 그는 한밤중에 울고 토하기 시작했다.

"니니가 보고 싶어."

어린 소년은 눈물 젖은 눈으로 말했다. 그는 죽은 사람처럼 창백하게 침대에 누워 있었다.

다음날, 아이는 고열에 들떠 헛소리를 했다. 검은 프록코트를 입은 엄숙한 표정의 의사들이 왔다. 그들은 하나같이 흰색 조끼의 가운데 단춧구멍에 줄시계를 늘어뜨리고 있었다. 의사들은 몸을 굽혀 아이를 진찰했다. 그들의 수염과 옷에서도 성의 물건들과 할머니 머리와 입에서 나는 냄새가 진동했다. 아이는 그 냄새가 사라지지 않으면 죽을 거라고 생각했다. 주말까지도 열은 내릴 기색이 없었고, 맥박이 수시로 멈추곤 했다. 그들은 니니에게 전보를 쳤다. 유모가 파리에 도착하는데 나흘이 걸렸다. 턱수염이 더부룩한 집사는 역에서 니니를 알아보지 못했다. 니니는 손으로 뜬 가방을 들고 걸어서 성에 나타났다. 마치 철새 같았다. 그녀는 프랑스 말을 몰랐다. 길도 몰랐다. 그리고 낯선 도시에서 아이가 병들어 누워 있는 성을 어떻게 찾았냐는 물음에 결코 대답할 수 없었다. 그녀는 방에 들어가 죽어가는 아이를 들어 올렸다. 아이는 아주 조용했으며, 두 눈만이 빛났다. 그녀는 아이를 무릎에 꼭 안고 살며시 흔들기 시작했다. 사흘째 되는 날 아이는 종부성사를 받았다. 그날 저녁 환자의 방에서 나온 니니는 백작 부인에게 헝가리어로 말했다.

"저는 도련님이 이겨낼 거라고 믿어요."

그녀는 울지 않았다. 다만 엿새 동안 눈을 붙이지 못한 탓으로 몹시 지쳐 있었다. 그녀는 고향에서 가져온 음식을 가방에서 꺼내 먹기 시작했다. 그리고 엿새 동안 자신의 숨결로 아이의 생명을 붙잡았다. 백작 부인은 문 앞에 무릎 꿇고 앉아 울면서 기도했다. 프랑스 할머니와 하인들, 언제고 집에 출입할 수 있는 눈썹이 쳐진 젊은 신부, 모두 모여 있었다. 의사들의 발걸음이 차츰 뜸해졌다. 그들은 니니와 함께 브르타뉴에 갔다. 당황하고 심기 상한 프랑스 할머니는 파리에 머물렀다. 왜 아이가 병이 났는지 아무도 말할 수 없었다. 당연히 말할 수 없었다. 그러나 다들 알고 있었다. 아이에게는 사랑이 필요했다. 낯선 사람들이 그에게 몸을 굽히고, 참을 수 없는 냄새가 사방에서 몰려왔을 때, 아이는 죽기로 결심했다. 브르타뉴에서는 바람이 노래하고, 세월에 씻긴 바위 사이에서 파도가 일렁였다. 붉은 암석들이 바다 위로 치솟아 있었다. 니니는 조용했다. 벌써 주변의 모든 것에 친숙해진 듯, 그녀는 미소지으며 바다와 하늘을 바라보았다. 성의 네 귀퉁이에 거친 암석으로 지은 아주 오래된 둥근 탑들이 솟아 있었다. 백작 부인의 조상들이 오래전에 해적을 망보던 탑이었다. 소년은 곧 햇빛에 그을려 갈색이 되었으며, 많이 웃었다. 이제 그는 두려워하지 않았고, 니니와 자신, 두 사람이 강자라는 것을 알았다. 그들은 바닷가에 앉아 있었다. 니니의 짙푸른색 원피스 주름이 바람에 흩날렸다. 어디에서나, 대기뿐 아니라 꽃에서도 소금 냄새가 났다. 밀물이 빠져나간 아침이면 바닷가 붉은 암석의 깊게 패인 곳에서 다리에 털이 무성한 바다거미, 붉은 꽃게, 물렁한 별처럼 생긴 것들을 볼 수 있었다. 성의 뜰에 백 년이 넘은 무화과나무 한 그루가 서 있었다. 나무는 짧은 이야기를 들려주는, 먼 동방의 현자처럼 보였다. 무성한 잎새 아래는 서늘했으며, 달콤한 향기가 맴돌았다. 바다가 느리게 철썩이는 한낮이면, 유모와 아이는 말없이 나무 아래 앉아 있었다.

"나는 시인이 될 거야."

소년은 문득 말하면서 눈을 치켜 떴다.

그는 바다를 응시했다. 곱슬곱슬한 금발 머리가 훈풍에 나부꼈다. 그는 생각에 잠겨 반쯤 감은 눈으로 먼 곳을 주시했다. 유모는 그를 꼭 껴안았다.

"아니, 군인이 될 거예요."

"아빠처럼?"

아이는 고개를 흔들었다.

"아빠도 시인이야. 아직 몰랐어? 아빠도 항상 다른 생각을 하잖아."

"맞아요."

유모는 한숨지으며 말했다.

"햇빛 쪽으로 가지 말아요, 작은 천사 양반. 햇빛을 쬐면 머리가 아파요."

그들은 그렇게 무화과나무 아래 앉아, 바다 소리, 바람에 일렁이는 친숙한 파도 소리를 들었다. 고향의 숲에서 그런 소리가 났다. 아이와 유모는 세상의 모든 것이 서로 통한다고 생각했다.

5

그런 일들은 먼홋날 비로소 다시 생각난다. 몇십
년이 흘러가고, 누군가 세상을 떠난 어두운 방 안을
거닐고 있으면, 갑자기 오래 전에 사라진 말과 파도
소리가 들려온다. 마치 그 몇 마디 말이 삶의 의미를
표현했던 것처럼 생각된다. 그때 이후로는 그런 이야
기를 한 적이 없었다.

가을에 브르타뉴에서 집으로 돌아오는 가족을 근
위 장교는 빈에서 맞이했다. 아이는 사관학교에 보내
졌다. 그는 작은 단도, 긴 바지와 제모를 받았다. 아이
는 허리에 단도를 차고, 군청색 제복을 입은 다른 생
도들과 함께 일요일에 참호로 산책을 갔다. 마치 병정
놀이 하는 아이들 같았다. 그들은 흰 장갑을 끼고 우
아하게 경례를 했다.

사관학교는 빈 근교 언덕 위에 있었다. 노란색 건물로, 삼층의 창문을 통해, 길이 반듯반듯한 구 시가지와 황제의 여름 별장, 쇤브룬의 지붕들 그리고 가지를 쳐낸 나무들 사이로 산책로가 보였다. 원형 천장의 흰색 복도와 교실, 식당과 침실의 모든 것이 제자리에 있어 마음을 진정시켰다. 쓸데없이 뒤엉킨 모든 것이 마침내 정돈되어 질서를 찾은 이 세상의 유일한 곳인 것 같았다. 교사는 나이든 장교들이었다. 어디에서나 질산염 냄새가 났다. 커다란 침실에서는 각기 서른 명, 동갑내기 생도 서른 명이 황제처럼 좁은 철제 침대에서 잤다. 문 위에는 십자가상이 축성된 버드나무 가지와 함께 걸려 있었다. 밤이면 전등들이 푸르게 빛나고, 아침에는 나팔 소리가 잠을 깨웠다. 겨울에 이따금 양철 세숫대야의 물이 얼었다. 그러면 부관들이 부엌에서 주전자에 따뜻한 물을 담아 왔다.

그들은 그리스어와 탄도학彈道學, 적에 대응하는 태도와 역사를 배웠다. 아이는 핏기가 없었으며, 자주 기침을 했다. 가을에 신부가 매일 오후 그와 함께 쇤브룬에서 산책을 했다. 그들은 가로수 길을 거닐었다. 이끼 끼고 곰팡이 핀 바위 틈새에서 솟아 나오는 분수에 태양이 비치면 금빛 물이 흘렀다. 그들은 가지를 쳐낸 나무 사이를 산보했다. 매일 황제의 탄신일인 양 화려한 정복 차림으로 주변을 배회하는 노병들을 보면, 아이는 차려 자세를 하고 흰 장갑 낀 손으로 규정에 맞추어 경례를 했다. 머리에 아무것도 쓰지 않은 한 부인이 어깨 너머로 뾰족한 흰색 양산을 들고 길을 건너왔다. 그녀가 빠른 걸음으로 옆을 지나가는 동안, 신부는 깊숙이 몸을 굽혀 절을 했다.

"황후 폐하야."

그가 아이에게 속삭였다.

여인은 매우 창백했으며, 숱 많은 검은 머리를 세 겹으로 땋아 머리 둘레에 감아 묶고 있었다. 세 발자국 떨어져서, 검은 옷차림의 여인이 빠른 걸음 탓에 피곤한 양 꾸부정하게 몸을 구부리고 그녀 뒤를 따라갔다.

"황후 폐하."

신부는 경외심에 가득 차 한 번 더 말했다.

아이는 공원의 가로수 길을 도망치듯이 빠르게 걸어가는 고귀한 부인의 뒷모습을 바라보았다.

"엄마하고 닮았어요."

아이는 말했다. 아버지의 서재 책상 위에 걸려 있는 그림이 생각났기 때문이다.

"그런 말을 함부로 하면 안 돼."

신부는 근엄하게 대답했다.

아침부터 저녁까지 그들은 해서는 안 되는 말과 해도 되는 말을 배웠다. 사백 명의 생도가 교육받는 사관학교에는 폭발 직전의 시한폭탄 내부와 같은 적막이 감돌았다. 체코의 성에서 온, 축 늘어진 하얀 손을 가진 붉은 금발 머리의 납작코를 비롯하여, 메렌의 장원, 티롤의 성, 슈타이어 마르크의 수렵용 별장, 빈의 덧창 닫힌 대주택, 헝가리의 대농장에서 온 아이들이 대부분이었다. 모두들 작위와 직함이 붙어 있는 긴 이름을 가지고 있었다. 그들은 빈과 런던에서 재봉질한 평상복과 네덜란드제 속옷과 함께 이 이름을 사관학교의 현관에서 잠시 포기해야 했다. 그 모든 것에서 이름 하나와 이름의 주인인 아이만이 남아서, 말해도 되는 것과 말해서는 안 되는 것을 배웠다. 제국의 모든 인간적인 특징이 피 속에 흐르는, 이마가 좁은 슬라브 소년들도 있었다. 그들의 선조가 이미 모든 것을 보아버린 양 권태롭게 허공을 응시하는 푸른 눈의 열

살 귀족들, 그리고 사촌누이와의 사랑에 빠져 열두 살의 나이에 권총으로 목숨을 끊은 티롤의 공작도 있었다.

콘라드는 바로 옆 침대의 친구였다. 그들이 처음 사귀었을 때 둘 다 열 살이었다.

그는 그리 크지 않은 키에 건장해 보였지만, 살집이 없이 골격이 발달한 옛 종족에서 볼 수 있듯이 비쩍 말랐다. 느렸지만 게으르지 않았으며, 의식적으로 고집하는 자기만의 리듬이 있었다. 그의 아버지는 남작의 작위를 받은 갈리시아*의 관료였고, 어머니는 폴란드 출생이었다. 그가 웃으면, 슬라브족 어린이처럼 입 주변이 넓게 벌어졌다. 그는 잘 웃지 않았다. 그보다는 침묵을 지키고 주변에 주의를 기울이는 편이었다.

그들은 첫 순간부터 자궁 속의 일란성 쌍둥이처럼 붙어 지냈다. 그들은 동년배들이 흔히 하듯이 우스꽝스럽게 거창한 의식으로 '우정을 맺을' 필요가 없었다. 다른 사람의 몸과 마음을 세계에서 빼앗아 자기만의 것으로 만들고 싶은 욕구가 왜곡되어 무의식적으

* 폴란드의 한 지방. 당시는 오스트리아에 귀속되어 있었다.

로 처음 솟구칠 때 사람들은 잘난 척 으스대며 그런 우정을 맺는다. 사랑과 우정을 원하는 것은 바로 그런 욕구이기 때문이다. 그들의 우정은 그 자체 하나의 삶으로 간주되는 모든 위대한 감정이 그렇듯이 진지하고 말이 없었다. 그리고 또 모든 위대한 감정처럼 수치심과 죄의식을 배태하고 있었다. 누군가를 다른 사람들에게서 대가 없이 빼앗을 수는 없다.

그들은 이 만남이 자신들을 죽을 때까지 옭아매리라는 것을 첫 순간에 이미 알았다. 그 무렵 헝가리 소년은 키가 컸으며 비쩍 마르고 연약했다. 그는 매주 의사의 진찰을 받았다. 의사들은 그의 폐를 염려했다. 사관학교 교장의 요청에 따라 빈에 온 근위 장교가 의사들과 장시간 대화를 나누었다. 그들이 이야기한 많은 것 중에서, 근위 장교는 "위험하다"는 한마디만을 이해했다. 소년은 실제로 병이 든 것은 아니지만, 병에 걸리기 쉬운 체질이라고 그들은 말했다. 위험하다, 그들은 막연히 그렇게만 말했다. 근위 장교는 슈테판 대성당 발치 어두운 옆 골목에 위치한 '헝가리의 왕' 호텔에 묵었다. 그의 할아버지 때부터 묵었던 호텔이었다. 호텔 복도의 벽에는 사슴뿔이 걸려 있었다. 시간제로 일하는 임시 고용인이 근위 장교의 손에 입을 맞추었다. 그는 비단을 덧씌운 누런 가구들이 빽빽이 늘어 서 있고 천장이 둥근 어스름한 방 두 개를 빌렸다. 이곳에 묵는 동안, 아이를 불러 함께 지냈다. 제국의 외로운 신사들을 위한 세속의 수도원처럼, 친애하는 단골 손님들의 이름이 방마다 문 위에 씌어져 있었다.

오전에 그들은 마차를 타고 프라터*에 갔다. 11월 초의 날씨는 벌써 한기가 돌았다. 저녁이면 연극을 보러 갔다. 무대 위에서 주인공들이 손짓, 몸짓을 섞어 이야기했으며, 서로 칼을 빼 들고 으르렁거리며 돌진했다. 그런 다음 레스토랑의 별실에서 식사를 했다. 아이는 참고 용서하는 사람처럼 조숙한 표정으로 예의바르게 말없이 아버지 옆에 앉아 있었다.

"그들 말로는 위험하단다."

식사 후 아버지는 혼잣말하듯이 이야기하면서 굵은 시가에 불을 붙였다.

"네가 원하면 집에 갈 수 있다. 그러나 네가 위험을

* 빈의 공원.

48

두려워하지 않았으면 더 좋겠구나."

"두렵지 않아요, 아버지."

아이는 말했다.

"하지만 콘라드가 항상 우리와 함께 지내게 해주세요. 집이 가난해요. 콘라드가 여름에 우리 집에 같이 가면 좋겠어요."

"네 친구냐?"

아버지가 물었다.

"네."

"그러면 그는 내 친구이기도 하다."

아버지는 진지하게 말했다.

그는 연미복과 주름진 와이셔츠를 입고 있었다. 얼마 전부터 군복은 입지 않았다. 소년은 안심이 되어 입을 다물었다. 아버지의 말은 믿을 수 있었다. 빈 어디를 가든지, 양복점, 장갑 가게, 와이셔츠 가게, 근사하게 차려입은 지배인이 탁자 사이를 오가는 음식점 어디에서나 다들 아버지를 알았다. 길에서도 마차를 타고 가는 신사 숙녀 들이 아버지에게 반갑게 손짓했다.

"황제를 배알하러 갈 건가요?"

아버지가 돌아가기 하루 전날 아이가 물었다.

"왕."

아버지는 근엄하게 아이의 말을 정정했다.* 그리고는 말했다.

"이제는 가지 않는다."

소년은 두 사람 사이에 무슨 일이 있었다는 것을 깨달았다. 아버지가 떠나는 날 콘라드를 소개했다. 전날 저녁 그는 두근거리는 가슴으로 잠이 들었다. 마치 약혼식 전날 같았다.

"아버지 앞에서 왕 이야기를 하면 안 돼."

그는 친구에게 주의를 주었다.

그러나 아버지는 호의적이었으며 자애로웠다. 말 그대로 훌륭한 신사였다. 그는 단 한 번의 악수로 콘라드를 가족으로 받아들였다.

그날부터 소년의 기침이 줄어들었다. 그는 이제 혼자가 아니었다. 그는 사람들 사이에서의 고독을 참지 못했다.

집과 숲, 파리와 어머니에게서 물려받은 성향은 고

---

*오스트리아 - 헝가리 제국 시대에 오스트리아의 황제는 헝가리 왕을 겸임하였다. 곧 헝가리인들에게는 황제가 아니라 왕이었다.

통이라는 말을 절대로 입 밖에 내지 않고 말없이 참을 것을 그에게 명령했다. 말하지 않는 것이 최선이라고 그는 배웠다. 그러나 그는 사랑 없이는 살 수 없었다. 그것 또한 물려받은 유산이었다. 최소한 한 사람에게는 감정을 내보이고 싶은 갈망이 프랑스 어머니 쪽에서 건너왔는지도 몰랐다. 아버지 가문에서 그런 것은 금기였다. 소년은 니니나 콘라드같이 사랑할 수 있는 사람이 필요했다. 그러면 열이 내렸고 기침 하지 않았다. 창백하고 수척한 아이의 얼굴은 장밋빛 기쁨과 신뢰로 넘쳤다. 그들은 성적인 특징이 아직 뚜렷하게 나타나지 않은 나이였다. 마치 남녀 어느 쪽이 될 것인지 아직 결정을 내리지 않은 것 같았다. 그는 여자아이 같다고 느껴져 증오한 부드러운 금발을 이 주일에 한 번씩 이발했다. 콘라드는 더 남성적이었고 침착했다. 그들의 유년 시절은 이제 답답하지 않았으며, 그들은 그러한 답답함을 두려워하지도 않았다. 이제 혼자가 아니기 때문이다.

소년들이 처음으로 여름을 같이 보내고 빈에 돌아가기 위해 마차에 올라탔을 때, 프랑스 어머니는 성문에서 그들의 뒷모습을 지켜보았다. 그녀는 니니를 향해 미소지으며 말했다.

"마침내 좋은 짝을 만났어."

그러나 니니는 미소짓지 않았다. 소년들은 해마다 여름이면 함께 성에 왔다. 나중에는 성탄절도 성에서 같이 지냈다. 그들은 옷이고 속옷이고 할 것 없이 모든 것을 함께 나누었다. 그들 둘만의 방을 가졌으며, 함께 같은 책을 읽고, 함께 빈과 숲, 책과 사냥, 승마와 군인의 사명, 사교 생활과 사랑을 발견했다. 니니는 왠지 걱정스러워했다. 그리고 조금 질투를 느꼈을 수도 있었다. 우정을 맺은 지 사 년이 지났을 무렵, 그들은 밖을 향해 벽을 쌓기 시작했으며 자신들만의 비밀을 가졌다. 그들의 관계는 점점 깊어졌고, 더불어 더 격정적이 되어갔다. 소년은 할 수만 있다면 콘라드를 자신이 창조한 최고의 걸작으로 모든 사람에게 내보이고 싶다고 큰소리쳤다. 그러나 다른 한편으로는 사랑하는 사람을 빼앗길까 봐 내심 두려워하고 질투어린 눈으로 감시했다.

"좀 지나쳐요."

니니가 어머니에게 말했다.

"콘라드가 언젠가는 도련님 곁을 떠날 거예요. 그

러면 많은 상처를 받을 수 있어요."

"그것이 인간의 운명이야."

어머니는 거울 앞에 앉아 자신의 시들어가는 아름다움을 응시했다.

"언젠가는 사랑하는 사람을 잃게 마련이야. 그것을 견디지 못하는 사람이 있다면 안된 일이지. 그런 사람은 완전한 인간이 아니야."

사관학교에서는 시간이 흐르면서 아무도 그들의 우정을 놀림감으로 삼지 않았다. 모두들 자연 현상인 것처럼 익숙해졌다. 그리고 그들을 부부처럼 한 이름으로 불렀다.

"헨릭네."

그러나 이 관계를 비웃지는 않았다. 거기에는 깊은 애정, 진지함, 조건 없음, 조롱꾼들을 침묵시키는 결정적인 힘이 들어 있었다. 어느 사회에서나 그런 관계는 다들 감지하고 시샘한다. 사람들이 이기심 없는 우정보다 더 갈구하는 것은 없다. 그리고 이러한 갈구는 대부분 헛되이 끝난다. 사관학교 소년들은 출신에 대한 자부심이나 학업, 조숙한 방탕, 신체 단련, 혼란스럽고 쓰라린 때 이른 사랑으로 도피했다. 이러한 혼란

속에서 콘라드와 헨릭의 우정은 중세의 신의를 맹세하는 온유한 의식을 비추어주는 불빛처럼 빛났다. 도움이나 희생을 바라지 않고 사리사욕 없이 상대방을 끌어당기는 것보다 젊은 사람들 사이에서 더 귀한 것은 없다. 젊은이들은 희망을 거는 사람들에게 늘 희생을 원한다. 두 친구는 뭐라 이름붙일 수 없는 불가사의한 은총 속에서 산다고 느꼈다.

그런 관계만큼 다감한 것은 이 세상에 존재하지 않는다. 훗날 삶이 주는 모든 것, 섬세하거나 거친 동경, 강렬한 감정, 떨어질 수 없는 정열적인 결합, 그런 것들은 모두 더 조잡하고 비인간적이다. 열 살의 나이에도 콘라드는 현실적이었으며 진지하고 신중했다. 소년들이 성숙해가면서 세상에 눈을 뜨고, 슬프게도 오만스럽게 성인들의 비밀을 알아내려고 했을 때, 콘라드는 동정을 지킬 것을 맹세하자고 친구에게 제안했다. 그들은 이 맹세를 오랜 동안 지켰다. 쉬운 일은 아니었다. 그들은 이 주일에 한 번씩 고해했으며, 함께 죄의 목록을 만들었다. 피와 신경 속에서 욕망이 꿈틀대었다. 소년들은 창백했고, 계절이 바뀔 때마다 현기증을 느꼈다. 그러나 그들은 동정을 지켰다. 그들의 청춘에 마법의 망토를 드리운 우정은 호기심과 불안에 시달리는 다른 사람들을 끔찍하게 괴롭히고 어두운 삶의 문턱으로 몰아가는 모든 것을 보상해주는 듯이 보였다.

그들은 몇백 년 동안의 훈련과 경험이 낳은, 뿌리 깊은 질서 속에서 살았다. 아침이면 헬멧과 보호 붕대로 무장하고 웃통을 벗은 채 강당에서 한 시간 동안 검술 훈련을 받았다. 그런 다음 승마를 했다. 헨릭은 뛰어난 기수였다. 콘라드는 균형을 잡기 위하여 말 등에서 필사적인 싸움을 했다. 그의 신체에는 이 능력을 물려받은 흔적이 없었다. 헨릭은 무엇이든지 쉽게, 콘라드는 어렵게 배웠다. 그러나 그는 한 번 배운 것은 다시 놓치지 않기 위하여 거의 병적인 노력을 기울였다. 마치 그것 말고는 이 세상에 가진 게 없다는 것을 알고 있는 듯이 보였다. 사교 모임에서도 헨릭은 어떤 일이 일어나도 놀라지 않을 것처럼 경쾌하고 자연스러웠으며 도도했다. 콘라드는 경직된데다가 지나치게 꼼꼼했다. 어느 해 여름, 그들은 갈리시아의 콘라드 부모님을 방문했다. 이미 그들이 젊은 장교가 된 뒤였다. 남작, 갈리시아에서 사십 년 동안의 공직 생활과 귀족 출신 폴란드 부인의 충족되지 못한 사회적 야망으로 지치고 굽실거리는 태도가 몸에 밴 대머리 노인은 젊은 신사들을 환대하기 위하여 동분서주했다. 시내의 고풍스런 탑들과 정방형 광장 한가운데의 분수, 천장이 둥근 어스름한 방들은 강한 인상을 주었다. 그곳에서 뒤섞여 사는 우크라이나인, 독일인, 유대인과 러시아인 들은 관료주의에 억눌려 침체되어 있었다. 시내와 퀴퀴한 냄새나는 어둠침침한 집 안에서 무엇인가가 끊임없이 발효하는 듯이 보였다. 폭동 아니면 말만 많은 비참한 불만족 같은 것, 아니 그것도 아니라면 카라반들이 묵는 주막의 후텁지근한 분주함과 기다림 같은 것이었다. 집과 광장, 도시의 삶 어디에서나 그것을 감지할 수 있었다. 번복할 수도, 깨뜨릴 수도 없는 결정적인 것을 이 도시에서 단 한 번 힘차게 선언하듯, 웅장한 탑과 대형 아치가 있는 대성당만이 이 외침과 비명, 속삭임을 의연히 압도하였다. 남작의 집에 방이 작은 것 세 개밖에 없었기 때문에, 청년들은 여관에 묵었다. 좀처럼 집에 오지 않는 아들의 행복이 음식의 질에 달려 있는 듯, 콘라드의 아버지 늙은 관리와, 앵무새처럼 연보랏빛,

장밋빛으로 요란하게 화장한 애처로운 폴란드 부인은 초라한 집에서 가슴 저미는 열정으로 기름진 고기 요리와 향긋한 진한 포도주를 장만했다. 그것으로 첫날 저녁 풍성한 식사를 한 후, 젊은 장교들은 갈리시아 여관 식당의 어두운 구석에 밤늦게까지 앉아 있었다. 뿌옇게 먼지 앉은 종려나무가 식당을 장식했다. 그들은 말없이 진한 헝가리 포도주를 마시고 담배를 피웠다.

"자, 이제 보았지."

콘라드가 말했다.

"그래."

근위 장교의 아들은 죄지은 사람처럼 말했다.

"그러면 이제 알겠지."

상대방은 진지하면서도 부드럽게 말했다.

"이십이 년 전부터 나 때문에 이곳에서 일어나는 일을 이제 상상할 수 있겠지."

"그래."

근위 장교의 아들은 말했다. 목이 메이는 것 같았다.

"우리가 함께 왕립 극장에 갈 때 끼는 장갑은 이곳에서 오는 거야. 내게 새 마구가 필요하면, 부모님은 사흘 동안 고기를 안 잡수시지. 내가 저녁의 사교 모임에서 팁을 주면, 우리 아버지는 일주일 동안 시가를 포기하셔. 이십이 년 전부터 그런 식이야. 그리고 나는 언제나 모든 것을 가졌지. 아주 멀리 폴란드 어딘가에 농장이 있었다고 들었어. 나는 본 적이 없지만, 어머니 소유였어. 교복, 수업료, 연극 관람권, 네 어머니가 빈에 들르셨을 때 선물한 꽃다발, 국가 고시 시험료, 바이에른 출신 녀석과 벌였던 결투 비용, 다 거기에서 온 거였지. 이십이 년 전부터 항상 그랬어. 처음에 부모님은 가구를 팔았지, 그런 다음 정원, 땅, 집을 차례로 팔았어. 그리고 당신들의 건강, 편안함, 휴식, 나이, 어머니의 사회적인 야망, 다시 말해 벼룩이 들끓는 이 도시에서 여유로 가질 수 있는 방, 가구를 제대로 갖추어 때때로 손님을 맞을 수 있는 방을 희생하셨어. 무슨 말인지 알아?"

"용서해."

헨릭은 당황하여 창백한 표정으로 말했다.

"너한테 화난 게 아니야."

친구는 아주 진지하게 말했다.

"네가 한번 직접 보고 알아주었으면 하고 바랐을

뿐이야. 바이에른 녀석이 허영심에서 불구자 되는 것이 굉장한 농담이라도 되는 양 즐기면서, 미친 사람처럼 칼을 빼 들고 나에게 달려들어 휘둘렀을 때, 요리사가 이 필러*를 속일까 봐 매일 아침 직접 시장에 가시는 어머니 얼굴이 떠올랐어. 이 필러가 연말이면 오 포린트가 되고 그러면 부모님들은 봉투에 넣어 나한테 보내실 수 있기 때문이지…… 허영심에서 내게 상처를 입히려던 그 바이에른 녀석을 죽일 수도 있었어. 그 녀석은 내게 가하는 모든 것이 갈리시아에서 나를 위해 자신들의 인생을 묵묵히 희생한 두 사람에게 치명적인 범죄라는 것을 알 리 없었지. 너희 집에서 하인에게 팁을 주면, 나는 부모님 인생의 일부를 소모한 셈이지. 이렇게 사는 게 힘들어."

그의 얼굴이 붉어졌다.

"왜?"

상대방이 소리 죽여 물었다.

"부모님이 좋아서 하시는 일이라고 생각하지 않아?"

---

* 헝가리의 화폐 단위. 100필러는 1포린트.

"부모님은 그러실 거야."

청년은 입을 다물었다. 그때까지 그는 그런 말을
입 밖에 낸 적이 없었다. 이제 처음으로 상대방의 눈
을 보지 않고서 어렵게 말문을 연 것이다.

"그러나 내게는 이렇게 사는 것이 아주 힘들어. 내
가 마치 내 것이 아닌 것 같아. 병이 들면, 나는 소스
라치게 놀라. 내 것이 아닌 다른 사람의 재산, 내 건강
을 낭비했다는 느낌이 들기 때문이야. 나는 다른 사람
을 죽이고 다른 사람에게 죽임을 당하도록 교육받은
군인이지. 그렇게 살겠다고 맹세했어. 그런데 내가
죽는다면, 부모님들은 무엇 때문에 그런 일을 자청하
셨을까? 무슨 말인지 알아?…… 먼 길을 오고가는 카
라반들이 숙박하는 불결한 집처럼 곰팡이 냄새, 음식
과 싸구려 향수, 그리고 퀴퀴한 침대 냄새 가득한 이
도시에서 부모님들은 이십이 년째 살고 있어. 아버지
가 당신이 태어나고 자란 빈에 못 가보신 지 이십이
년이나 되었어. 이십이 년 전부터 여행 한번 못 가고,
여분의 옷 한 벌 못 사 입고, 나들이 한번 제대로 못
가셨어. 당신들이 못나서 이루지 못한 일을 내가 성취
시켜야 하기 때문이지. 이따금 무엇인가 하려 들면,

60

손이 허공에서 말을 안 들어. 이 떨쳐버릴 수 없는 책임감. 차라리 부모님이 죽기를 바란 적도 있어."

그는 소리 죽여 말했다.

"그래."

헨릭이 말했다.

그들은 그 도시에 나흘 머물렀다. 도시를 떠나는 날, 그들은 자신들 사이에 무슨 일이 일어났다는 것을 처음으로 느꼈다. 한 사람이 다른 사람에게 빚을 진 것 같았다. 말로는 표현할 수 없었다.

6

그러나 콘라드에게는 친구가 쫓아갈 수 없는 도피
처, 음악이 있었다. 음악은 세상이 그를 찾아낼 수 없
는 비밀 은신처와 같았다. 헨릭은 음악적이 아니었다.
집시 음악도, 빈의 왈츠도 그에게는 매한가지였다.

사관학교에서 음악은 거의 화제에 오르지 않았다.
교사들과 생도들은 젊은 날 한때 저지르는 잘못처럼
음악을 묵인하고 용서했다. 누구에게나 약점이 있었
다. 어떤 대가를 치르고라도 개를 기르는 사람이 있는
가 하면, 승마에 미친 사람도 있다. 어쨌든 도박보다
는 낫고, 여자들보다는 덜 위험하다고 다들 생각했다.

그러나 음악이 그렇게 천진한 유희만은 아니라는
의혹이 차츰 헨릭에게 고개를 들었다. 진짜 음악, 끓
어오르고 반항하는 음악은 당연히 사관학교에서 용

납되지 않았다. 음악 수업도 교과 과정에 들어 있긴
했지만, 일반적인 개념을 배우는 것이 전부였다. 그
들이 음악에 대해서 아는 것이라고는 지휘자가 앞서
가면서 이따금 은빛 지휘봉을 치켜드는데 금관 악기
연주자가 필요하다는 정도였다. 연주자들 뒤에서는
조랑말이 팀파니를 끌었다. 행진하는 군대의 발을 맞
추어주고, 길거리의 시민들을 끌어 모으고, 사열식에
없어서는 안 되는 장식물, 규칙적이고 우렁찬 음악이
올바른 음악이었다. 음악을 들으면 발걸음이 더 반듯
해졌다. 그것이 전부였다. 간혹 흥을 돋우거나 지나
치게 과장되고 꾸민 듯한 음악도 있었다. 더 이상은
아무도 음악에 신경쓰지 않았다.

그러나 콘라드는 음악을 들으면 백지장처럼 창백
해졌다. 음악이면 어느 것이나, 아주 단순한 것이라
도 물리적인 공격처럼 그를 강타했다. 그는 얼굴이 하
얗게 변하면서, 입술이 떨렸다. 음악은 다른 사람들
이 흉내낼 수 없는 무엇인가를 그에게 이야기했다. 멜
로디가 그의 이성에게 말을 한 것은 아니었다. 그러한
순간이면 그의 병적으로 뻣뻣한 몸가짐이 허물어지
는 것처럼, 이 세상에서 지위를 확보하는 데 필요한

자제력, 그가 징벌이나 속죄처럼 받아들여 애써 다진 자제력이 풀어졌다. 사열식에서 장시간의 피곤한 차려 자세 후에 갑자기 "편히 쉬어!" 명령이 떨어졌을 때와 같았다. 그러나 그의 입술은 무엇인가를 말하려는 사람처럼 떨렸다. 그럴 때마다 그는 자신이 어디에 있는지 잊었다. 그의 눈은 미소를 짓고, 허공을 응시했다. 주변의 아무것도, 상관도, 동료도, 아름다운 여인도, 극장 관객도 알아보지 못했다. 감방 안의 죄수가 혹시 석방을 알리는 소식이 아닐까 하여 멀리에서 들려오는 발소리에 귀기울이듯이 애타게 온 몸으로 음악을 들었다. 그런 순간에 말을 걸면, 그는 반응이 없었다. 음악은 그의 주변 세계와 인간이 정한 법칙들을 해체시켰다. 그런 순간의 콘라드는 군인이 아니었다.

어느 해 여름 저녁 무렵, 그가 헨릭의 어머니와 함께 피아노를 연주한 일이 있었다. 저녁 식사 전 커다란 홀에서의 일이었다. 근위 장교와 아들은 홀의 구석에 앉아 인내심을 가지고 예의 바르게 듣고 있었다. 그들의 표정은 "삶은 곧 여러 가지 의무이고, 음악도 용납해야 한다. 여자들에 반대해서는 안 된다"고 말하는 것 같았다. 어머니는 열정적으로 연주했다. 그들은 쇼팽의 「폴로네즈 환상곡」을 연주했다. 방 안의 모든 것이 움직이기 시작했다. 구석에서 인내심을 가지고 정중하게 듣고 있던 아버지와 아들은 어머니의 몸과 콘라드의 몸, 두 몸에서 무슨 일인가 일어났다는 것을 감지했다. 음악이 도전적으로 방 안의 가구들을 높이 들어올리고, 알 수 없는 힘이 창문의 무거운 비단 커튼을 펄럭이게 하고, 마음속 깊이 파묻혀 딱딱하게 굳고 곰팡이 핀 것이 모두 일시에 살아나고, 삶의 특별한 순간에 운명적으로 강렬하게 울리기 시작하는 치명적인 리듬이 모든 인간의 마음 깊숙이에 숨어 있는 것 같았다. 예의 바른 청중들은 음악이 위험하다는 것을 직감했다. 그러나 피아노 앞의 두 사람, 어머니와 콘라드는 위험에 개의하지 않았다. 「폴로네즈 환상곡」은 인간의 질서가 조심스럽게 은폐한 모든 것을 뒤흔들고 파괴할 수 있는 힘을 발산하는 구실에 지나지 않았다. 그들은 몸을 약간 뒤로 젖혀 곧추세우고 피아노 앞에 앉아 있었다. 마치 음악이 사나운 말이 끄는 보이지 않는 전설적인 마차를 폭풍우를 뚫고 세계로 몰아가고, 자유롭게 풀려난 힘이 질주하는 가운데 그들의 뻣뻣한 육체와 딱딱한 손이 고삐를 잡고 있는 것 같았다. 그들은 건반 하나를 울리면서 연주를 끝냈다. 커다란 창문을 통해 저녁 햇살이 비쳤다. 초지상적인 마차가 멸망을, 무無를 향해 달려가면서 하늘을 가르고 먼지를 일으키듯이, 빛 속에서 금빛 조각들이 맴돌았다.

"쇼팽."

프랑스 부인이 숨을 가쁘게 몰아쉬며 말했다.

"그의 아버지가 프랑스 사람이지."

"어머니는 폴란드 사람이었습니다."

콘라드는 말하면서 고개를 옆으로 숙이고 창 밖을 바라보았다.

"그는 우리 어머니와 친척이셨습니다."

그는 이 관계가 부끄러운 듯 말했다.

그들은 모두 귀를 기울였다. 고향에서 쫓겨난 사람이 고향과 향수에 대해 말할 때처럼, 그의 목소리에 슬픔이 담겨 있기 때문이었다. 근위 장교는 상체를 앞으로 약간 숙이고서 처음 보는 사람처럼 아들의 친구를 유심히 바라보았다. 그날 저녁 단둘이 흡연실에 있었을 때, 그는 아들에게 말했다.

"콘라드는 절대로 훌륭한 군인이 못 될 거다."

"왜죠?"

아들은 놀라 물었다.

그러나 그는 아버지의 말이 옳다는 것을 알았다. 근위 장교는 어깨를 으쓱했다. 그는 벽난로 앞에 다리를 길게 뻗고 앉아 눈으로 담배 연기를 좇았다. 그리고는 세상 물정 잘 아는 사람의 침착함과 우월함으로 말했다.

"그가 다른 종류의 사람이기 때문이지."

장군이 이 말의 의미를 이해했을 때는, 오랜 세월이 흐른 뒤였다. 아버지는 벌써 이 세상 사람이 아니었다.

7

진실, 삶에서 맡는 역할과 복장, 그리고 여러 가지 상황에 가려 보이지 않는 진실이 있다. 두 젊은이는 함께 성장했으며, 함께 군인 선서를 하고, 빈에서 여러 해를 함께 살았다. 아들과 콘라드가 부임하고 처음 몇 해를 궁성 가까이에서 지낼 수 있도록 근위 장교가 배려했기 때문이다. 그들은 쇤보른 공원 근처, 길쭉한 회색 집의 이층 방 세 개를 세냈다. 그 집은 자두나무가 많고 우거진 긴 정원 쪽으로 창문이 나 있었다. 연대 군의관이었던 남편이 세상을 뜬 후 혼자 사는 귀먼 과부의 집이었다. 콘라드는 피아노를 빌렸지만, 거의 치지는 않았다. 그는 음악을 두려워하는 듯이 보였다. 그곳에서 그들은 형제처럼 살았다. 그러나 헨릭은 친구에게 비밀이 있다는 것을 가끔 불안한 마음으로 감지했다.

콘라드는 '다른 종류의 사람'이었으며, 물어서 그의 비밀을 알아낼 수는 없었다. 그는 항상 조용하고 온유했다. 그리고 군대 일의 끝이 없는 것처럼 근무를 수행하고 동료들과 교제했으며 사교 모임에서 행동했다. 마치 인생이 밤낮을 가리지 않고 철저하게 규제된 복무 기간인 것 같았다. 그들은 젊은 장교였고, 헨릭은 콘라드가 수도승처럼 산다고 내심 걱정스러워했다. 그는 이 세상 사람이 아닌 것 같았다. 젊은 수도승에게 기도와 제식만이 아니라 혼자 있는 것, 명상, 아니 꿈까지도 수도를 의미하듯이, 그에게는 퇴근 시간 후에 다른 근무 시간, 더 복잡하고 책임감 넘치는 근무 시간이 시작하는 듯했다. 콘라드는 음악을 두려워했다. 음악은 그에게 불가사의한 힘을 발휘했으며, 그의 의식뿐 아니라 육체에도 영향을 미쳤다. 그를 삶의 궤도 밖으로 내동댕이치고 그의 내부의 무엇인가를 분쇄할 수 있는 운명적인 명령이 음악의 영역에 숨어 있는 것 같았다. 아침이면 두 친구는 프라터나 승마 학교에서 함께 말을 탔다. 그런 다음 콘라드는 부대에서 근무하고 히칭의 집으로 돌아갔다. 저녁에 특별히 하는 일 없이 몇 주일이 지나갈 때도 있었다. 낡은 집은 그때까지도 석유등과 촛불로 불을 밝혔다. 근위 장교의 아들은 거의 언제나 한밤중이 지나서야 무도회나 사교 모임에서 집으로 돌아왔다. 멀리 거리의 마차 안에서부터 친구의 창문에서 가물거리는 희미한 불빛이 보였다. 밝은 창문은 어쩐지 비난의 신호를 보내는 것 같았다. 근위 장교의 아들은 마부에게 돈을 건네주고, 적막한 거리의 낡은 대문 앞에 서서 장갑을 벗었다. 열쇠를 꺼내 들면서 오늘 밤에도 다시 친구를 배반했다는 감정이 얼핏 일었다. 그는 그윽한 음악이 식당과 무도회장, 살롱을 맴도는 세계에 있었다. 그러나 그것은 친구가 좋아하는 것과는 다른 음악이었다. 삶을 더 쾌적하고 즐겁게 하기 위한 음악, 여인들의 눈이 빛나고 남성들의 허영심이 불꽃을 튀기게 하는 음악이었다. 이 도시에서, 근위 장교의 아들이 청춘의 밤을 보내는 곳에서 음악을 연주하는 목적은 바로 그것이었다. 반대로 콘라드가 사랑하는 음악은 망각을 유도하는 것이 아니라 사람들 안에 있는 정열과 죄의식을 자극했다. 그것은 인간의 마음과 의식 속의 삶이 더 진실이기를 원했다. 근위 장교의 아들은 그러한 음악이 사람을 불안하게 한다고 생각하면서, 보란 듯이 왈츠를 휘파람으로 나지막이 노래하기 시작했다. 그해, 빈 시내 전체가 당시 유행했던 작곡가, 젊은 슈트라우스의 왈츠를 휘파람으로 노래했다. 그는 열쇠를 꺼내 낡은 대문을 열었다. 문은 서서히 육중하게 열렸다. 그는 퀴퀴한 냄새나는 층계참 앞의 널찍한 현관을 가로질러 남포등에 불을 밝혔다. 그리고는 한순간 서서 달빛 속의 눈 덮인 정원을 바라보았다. 검은 형체만 보이는 사물들 사이에서 정원은 흰 분필로 그려놓은 것 같았다. 모든 것이 평화로웠다. 빈은 잠들어 있었다. 눈이 내리는 가운데 깊은 잠을 자고 있었다. 성안의 황제도 자고 있었다. 그리고 황제의 나라 안에서 오천만 명의 사람들이 잠자고 있었다. 근위 장교의 아들은 이 고요가 자신과도 관계있다고 느꼈다. 경외하는 마음으로 군복을 입고, 저녁이면 사교 모임에서 왈츠를 들으며 프랑스산 붉은 포도주를 마시고, 신사 숙녀가 정확히 듣고 싶어하는 말을 하는 것 말고는 특별히 하는 일이 없어도 자신 역시 황제를 비롯한 오천만 명의 수면과 안전을 수호하고 있다고 느꼈다. 그는 자신이 글로 씌어지거나 씌어지지 않은 힘찬 명령에 따르고 있으며, 병영이나 연병장에서와 마찬가지로 살롱에서도 이 복종의 임무를 수행한다고 느꼈다. 황제 앞에 맹세한 모든 사람들이 법과 관습을 준수하는 동안, 황제 자신은 자정 전에 취침하고 새벽 다섯시가 되기 전에 기상하여 촛불을 밝히고 책상 앞 미국산 갈대 의자에 앉아 있다는 생각이 오천만 사람들에게 안전하다는 감정을 불어넣어주었다. 물론 법률이 규정하는 것보다 심오한 의미에서 복종해야 했다. 마음 깊이에서 우러나오는 복종이 문제였다. 모든 것이 제자리에 있다는 확신이 필요했다. 그해 근위 장교의 아들과 친구, 그들은 스물두 살이었다.

빈에서의 젊은 장교들. 헨릭은 곰팡내 나는 층계를 올라가면서 나지막이 왈츠를 휘파람 불었다. 층계고 방이고 할 것 없이 그 집 어디에서나 곰팡이 냄새가 났다. 그러나 달콤한 잼 냄새가 방 안 가득할 때처럼 어쩐지 편안한 기분이 들었다. 그해 겨울, 가볍고 유쾌한 전염병처럼 카니발이 빈을 휩쓸었다. 매일 저녁 사람들은 금빛 은빛으로 치장한 방 안의 가물거리는 가스등 불빛 아래에서 춤을 추었다. 많은 눈이 내렸으며, 마부들은 연인들을 태우고 함박눈 속을 소리 없이 달렸다. 빈 시가지가 눈 속에서 춤을 추었고, 근위 장교의 아들은 매일 오전 낡은 실내 승마장에서 장애물을 넘는 기수와 백색 준마들의 연습 광경을 지켜보았다. 일종의 우아함과 고귀함, 죄책감을 동반한 편안함, 모든 고매한 영혼과 우아한 육신에 깃들인 리듬감이 기수와 말의 몸에 배어 있었다. 그런 다음 혈기 왕성한 그는 산책하러 갔다. 주변을 어슬렁거리는 사람들 무리에 섞여 시내의 상점들을 구경했다. 이따금 그를 알아보는 늙은 마부나 종업원이 있었다. 그가 아버지를 꼭 닮았기 때문이었다. 빈과 제국, 헝가리, 독일, 메렌, 체코, 세르비아, 크로아티아 그리고 이탈리아 사람들, 그것은 대가족이었다. 단 한 사람 황제, 경찰관이면서 폐하, 소매 토시를 두른 내각 서기이면서 왕족, 조야한 촌뜨기면서 지배자인 황제만이 온갖 위험한 욕망과 애정, 감정의 질서를 잡을 수 있다는 것을 대가족 안의 누구나 은연중에 알고 있었다. 빈은 흥청대었다. 높은 원형 천장의 퀴퀴한 구 시가지 선술집에는 세계에서 가장 맛좋은 맥주가 있었고, 정오를 알리는 종이 울리면 소고기 요리 냄새가 거리를 채웠다. 평화로운 삶이 영원히 계속될 것처럼 사람들의 마음속에 다정함과 사랑이 넘쳤다. 여인들은 검정 모피 토시를 끼고 깃털 달린 모자를 썼다. 눈이 내리면 얼굴을 가린 베일 뒤에서 그들의 눈과 코가 빛났다. 오후 네시가 되면, 카페의 가스등 아래에서 비엔나 커피가 접대되었다. 장군과 관리들이 단골 손님 자리를 차지했으며, 여인들은 상기된 얼굴로 전세 마차를 타고 따뜻한 난로가 타오르는 총각 집으로 달려갔다. 카니발 시즌이었기 때문이다. 사회 계층을 송두리째 뒤흔드는 대 모반의 주동자가 사람들의 심장에 불을 지르고 흥분시키듯이 사랑의 격동이 온 도시를 휩쓸었다. 연극 시작 한 시간 전, 독한 포도주 애호가들은 에스터하치 왕성 지하 주점에서 은밀히 만났다. 고급 레스토랑의 별실에서는 대공들을 위해 식탁을 차렸으며, 슈테판 대성당 옆 담배 연기 자욱하고 후텁지근한 수도원 지하에서는 흥분한 폴란드 신사들이 침울한 표정으로 독한 화주를 마셨다. 폴란드 정세가 좋지 않았기 때문이다. 그러나 그해 겨울 빈에서는 모두가 행복해 보인 시간이 있었다. 근위 장교의 아들은 흡족하여 낮게 휘파람 불면서 그런 생각을 했다. 복도에서 사기 난로의 따스함이 친밀한 손길처럼 몸에 와 닿았다. 그

도시에서는 모든 것이 여유가 있었으며, 정확하게 제 자리에 있었다. 대공들이 어딘가 모르게 조야한 반면, 문지기들은 신분 사회의 대표자이고 은밀한 수혜 자였다. 난로 옆에서 당번 사병이 벌떡 일어나 상관의 외투와 군모, 장갑을 받아 들면서, 다른 한 손으로는 하얀 사기 난로 위의 프랑스산 붉은 포도주를 집어들 었다. 독한 부르고뉴 포도주의 의미심장한 언어로 그 날 있었던 일들과 가볍게 작별을 고하듯이, 근위 장교 의 아들은 매일 저녁 잠자리에 들기 전 붉은 포도주 한 잔을 천천히 음미하곤 했다. 지금도 당번 사병은 포도주 병을 은쟁반에 받쳐들고, 콘라드의 어스름한 방으로 가는 그의 뒤를 따랐다.

난로가 차가워지고 근위 장교의 아들이 부르고뉴 포도주의 마지막 한 방울을 마실 때까지, 그들은 밤이 새도록 앉아 이야기를 나누곤 했다. 콘라드는 읽은 책 에 대해서, 그리고 헨릭은 삶에 대해 이야기했다. 콘 라드에게는 삶을 즐길 수 있는 돈이 없었다. 그에게 군대는 계급과 군복, 복잡하고 미묘한 여러 가지 결과 가 따르는 직업이었다. 근위 장교의 아들은 모든 운명 적인 인간 관계가 그렇듯이, 깨지기 쉽고 다면적인 자신들의 우정을 돈의 영향에서 지키고, 질투와 경솔의 입김에서 구해야 한다고 느꼈다. 쉬운 일은 아니었다. 근위 장교의 아들은 사실 그 많은 재산을 어디에 써야 할지 알 수 없으니 일부를 받아달라고 콘라드에게 간청했다. 콘라드는 단 한 푼도 받을 수 없다고 선언했다. 두 사람은 그 말이 옳다는 것을 알았다. 근위 장교의 아들은 콘라드에게 돈을 줄 수 없었다. 콘라드가 히칭의 집에서 일주일에 닷새 저녁을 달걀찜으로 때우고 세탁소에서 가져오는 속옷이 맞는지 일일이 확인하는 동안, 그는 사교 모임에 가고 직위와 이름에 맞게 사는 것을 받아들여야 했다. 그러나 중요한 것은 그게 아니었다. 돈 문제를 극복하고 평생 우정을 유지해야 하는 사실이 더 두려웠다.

콘라드는 나이보다 빨리 늙었다. 그는 스물다섯 살에 벌써 독서용 안경이 필요했다. 젊은이답게 잔뜩 멋 부린 친구가 담배와 향수 냄새를 풍기면서 헝클어진 매무새로 밤에 빈과 세계로부터 집에 돌아오면, 그들은 공모자들처럼 소리 죽여 오랫동안 이야기했다. 조수가 세상을 돌아다니며 삶의 비밀을 알아내는 동안, 콘라드는 집에 앉아 사물의 의미에 대해 사색하는 마법사 같았다. 콘라드는 무엇보다도 영어 책, 인간의 공동 생활의 역사와 사회 진보에 관한 책을 즐겨 읽었다. 근위 장교의 아들은 말이나 여행 관련 책들만을 읽었다. 그들은 서로 좋아했기 때문에, 서로의 원죄, 부와 가난을 용서했다.

백작 부인과 함께 「폴로네즈 환상곡」을 연주했을 때, 아버지가 말했던 '다르다는 것'은 콘라드에게 친구의 영혼을 지배하는 힘을 주었다.

이 힘을 어떻게 이해할 수 있을까? 모든 힘에는 지배당하는 사람에 대한 감지하기 어려운 미세한 경멸이 스며 있다. 예속당하는 자를 인식하고 이해하여 아주 능숙하게 경멸할 때에만 인간의 영혼을 지배할 수 있는 법이다. 히칭에서의 밤의 대화는 시간과 더불어 스승과 제자 같은 색채를 띠어갔다. 타고난 성향과 외적 상황에 밀려 때 이른 고독 속으로 칩거할 수밖에 없는 사람들이 흔히 그렇듯이, 콘라드는 조롱과 경멸 섞인, 그러나 어쩔 수 없이 호기심 어린 어조로 세상에 대해서 이야기하였다. 어린아이와 지각없는 사람들이나 삶의 건너편 다른 기슭에서 일어나는 사건들에 관심을 가진다는 어투였다. 그러나 그의 목소리에는 향수가 어려 있었다. 의문스럽고 무심하며 두려움을 자아내는 고향, 세계라는 이름의 고향을 청춘은 끊임없이 갈구하기 마련이다. 이 세계에서의 체험 때문에 근위 장교의 아들을 다정하고 유쾌하게 넌지시 조롱하는 콘라드의 목소리는 오만하게 들렸지만, 갈구하는 자의 공허한 목마름이 담겨 있었다.

그렇게 그들은 청춘의 눈부신 불꽃 속에서, 직업이면서 동시에 삶에 순수한 긴장감을 주고 내적 받침이 되어준 임무 속에서 살았다. 그리고 들뜬 기분으로 살며시 히칭 집의 문을 두드리는 여인들의 손길도 있었다. 그렇게 어느 날 무용수 베로니카가 문을 두드렸다. 장군은 이 이름을 떠올리면서 깊은 잠에서 깨어난 사람처럼 눈을 비볐다. 추억의 파편들이 머리 속을 맴돌았다. 그래, 베로니카였지. 군의관의 젊은 미망인 안젤라도 있었다. 그녀는 경마에 미쳤다. 아니 무용수 베로니카가 그랬던가. 그녀는 드라이후프아이젠 거리 아주 낡은 집의 다락방에서 살았다. 그 아틀리에는 아무리 불을 때도 따뜻해지지 않았다. 그러나 그녀는 연습하고 선회하기에 안성맞춤이었던 그 아틀리에에서만 살 수 있었다. 말을 하면 소리가 홀의 벽을

78

타고 울렸으며, 뿌옇게 먼지 앉은 말린 꽃다발이 있었
다. 그녀보다 먼저 아틀리에에 살았던 슈타이어마르
크 출신 화가가 집세 대신 집주인에게 준 동물 그림도
있었다. 그는 양들을 즐겨 그렸다. 슬픔에 잠긴 양들
이 묻고 싶은 것이 있는 양 커다란 홀의 구석구석에서
눈물 어린 공허한 시선으로 방문객을 응시했다. 무용
수 베로니카는 그곳, 먼지 낀 커튼과 닳아 번들거리는
가구 틈에서 살았다. 층계참에서부터 그녀의 진한 화
장품, 장미 농축액, 프랑스 향수 냄새를 맡을 수 있었
다. 어느 여름날 저녁 그들은 셋이서 저녁을 먹으러
갔다. 돋보기로 그림을 보듯이, 그때 일이 선명하게
눈앞에 떠올랐다. 레스토랑은 빈 근교 숲 속에 있었
다. 그들은 숲의 진한 나뭇잎 냄새를 맡으며 마차를
타고 갔다. 무용수는 챙 넓은 플로렌스 모자와 팔꿈치
까지 오는 하얀 망사 장갑, 엉덩이에 꼭 끼는 장밋빛
비단 원피스와 검은 비단 구두 차림이었다. 그녀의 조
악한 취향은 완벽했다. 레스토랑처럼 분명한 목표를
향해서 딛는 걸음은 발의 품위를 손상시키는 양, 그녀
는 나무 아래 자갈길을 불안하게 잰걸음으로 걸어갔
다. 스트라디바리*의 바이올린이 선술집의 노래가

79

아닌 더 고상한 것을 목표로 하듯이, 그녀는 다리를, 그 예술 작품을 보호했다. 다리의 유일한 목적은 지상의 온갖 괴로움과 육체의 슬픈 속박에서 벗어나게 하는 춤에 있었다. 그들은 야생 포도 넝쿨 우거진 소박한 시골집 뜰에서 유리 갓을 씌운 촛불을 켜고 식사를 했다. 그리고 약한 붉은 포도주를 마셨다. 젊은 여인은 많이 웃었다. 달 밝은 밤 집으로 돌아오는 길에 아련히 은빛으로 빛나는 시가지를 언덕에서 내려다보고 있을 때, 베로니카가 자기도 모르게 그들의 목에 매달렸다. 행복한, 근심 걱정 없는 존재의 순간이었다. 그들은 말없이 무용수를 집으로 데려다주었다. 시내 한복판의 곰팡내 나는 집 대문 앞에서, 그들은 손에 입맞추고 작별했다. 베로니카. 그리고 말을 좋아한 안젤라. 머리에 꽃을 꽂고 긴 윤무를 함께 추었던 또 다른 여인들. 그들은 꽃과 잎새, 리본과 긴 장갑을 남기고 갔다. 이 여인들은 처음 맛본 사랑의 열광, 그리고 사랑이 의미하는 모든 것, 그리움, 질투, 고독과의 싸움을 그들의 삶에 몰고 왔다. 그러나 여인들,

---

* Antonio Stradivari. 이탈리아의 바이올린 제작의 거장. 현존하는 약 600개의 악기는 최고의 명기로 꼽힘. 현재의 표준형을 창시하였음.

임무와 사교 생활의 배후에서, 그 무엇보다도 강한 감정이 떠돌았다. 우정이라는 이름의 남자들만이 아는 감정.

8

장군은 하인을 부르지 않고 혼자 옷을 입었다. 그는 장롱에서 장군 정복을 꺼내 들고 한참 동안 유심히 살펴보았다. 마지막으로 정복을 입은 지가 언제였던가. 벌써 몇십 년 전이었다. 그는 서랍을 열고 훈장들을 꺼냈다. 흰색, 붉은색, 초록색 비단이 깔린 상자에서 훈장들을 집어들었다. 금·은·동 훈장을 손에 들고 어루만지는 동안, 드네프르 교두보나 빈의 사열식 아니면 부다 궁성에서의 영접식 광경이 뇌리를 스쳤다. 그는 어깨를 움찔했다. 삶이 무엇을 주었던가? 의무와 허영심. 힘든 한판 승부 후에 멍하니 판돈을 쓸어 담는 도박사처럼, 그는 훈장을 서랍에 도로 넣었다.

장군은 검은 양복에 흰색 체크 무늬 넥타이를 매고, 브러시를 물에 적셔 뻣센 은발을 빗었다. 최근 몇 년 동안, 그는 성직자들처럼 이런 근엄한 의복만을 입었다. 그리고는 책상으로 걸어가, 나이 탓에 불안하게 떨리는 손으로 지갑에서 아주 작은 열쇠를 빼내어 깊숙한 긴 서랍을 열었다. 그는 비밀 서랍에서 여러 가지 물건을 꺼냈다. 벨기에제 권총, 푸른색 끈으로 묶은 편지 꾸러미, 그리고 노란 우단 장정의 책 한 권. 책표지에 금박으로 '기념'이라고 새겨져 있었다. 책은 푸른색 끈으로 묶이고, 도장으로 봉인이 되어 있었다. 장군은 책을 한동안 손에 들고 있었다. 그런 다음 권총을 전문가답게 세심히 관찰하였다. 구식 육연발 권총이었다. 총알 여섯 개가 전부 제자리에 있었다. 그는 권총을 아무렇게나 다시 서랍에 던져 넣고 어깨를 으쓱했다. 노란 우단으로 장정한 책은 재킷의 깊숙한 옆 호주머니에 집어넣었다.

그는 창가로 걸어가 덧창을 열었다. 자고 있는 동안 소나기가 내렸다. 나무들 사이로 선선한 바람이 불고, 비에 젖은 플라타너스 잎새가 번들거렸다. 벌써 어둠이 내려앉고 있었다. 그는 팔짱을 끼고 창가에 미동 없이 서 있었다. 그리고는 주변의 풍경, 골짜기, 숲, 멀리 아랫녘의 황톳길, 시가지의 음영을 바라보았다. 먼 곳에 익숙해진 눈은 길에서 규칙적인 리듬으로 굴러 오는 마차를 알아보았다. 손님이 이미 성을 향해 오고 있었다.

그는 빠르게 움직이는 목표점을 무표정한 얼굴로 뒤쫓았다. 그리고 조준하는 포수처럼 한쪽 눈을 찡긋 감았다.

9

장군이 방에서 나왔을 때는 일곱시가 지난 뒤였다. 그는 상아 손잡이가 달린 산책용 지팡이를 짚고, 성의 이편 주거 공간을 커다란 홀, 응접실, 음악실, 살롱 들과 이어주는 긴 복도를 따라 천천히 뚜벅뚜벅 걸었다. 복도의 벽 금빛 액자 속에 오래된 초상화들이 걸려 있었다. 선조, 오래 전 세상을 뜬 조부모, 친척, 과거 성에서 일했던 사람, 연대 동료와 성의 저명한 손님들 초상화였다. 전속 화가를 고용하는 것은 장군 가문의 전통이었다. 대부분 성에 들렀던 유랑 화가들이었지만, 프라하 출신 S 같은 유명 화가도 있었다. 그는 장군의 할아버지 시절 성에서 팔 년을 지냈으며, 집사든, 준마든 가리지 않고 그의 붓 앞에 걸려든 모든 것을 그렸다. 조상들은 뜨내기 예술가들의 제물이었다.

화려한 옷차림의 그들은 멍한 눈빛으로 벽에서 내려
다보았다. 침착하고 진지한 몇 명의 남자 얼굴이 그
뒤를 이었다. 근위 장교의 동료들로, 파티복이나 정
복 차림에 헝가리풍의 코밑수염을 기르고 곱슬머리
가 이마를 덮고 있었다. 멋진 세대였어, 아버지의 친
구와 동료, 친척 들의 초상화를 보면서 장군은 생각했
다. 좀 별나고 오만하여 사람들과 잘 어울리지 못했지
만, 대신 명예, 의리, 침묵, 고독, 약속 그리고 여자들
에 대한 확고한 믿음이 있었던 멋진 세대였다. 그들은
실망을 맛보는 경우 침묵했다. 대부분 맹세를 지키고
의무를 다하며 평생 입을 다물었다. 복도의 끝에 프랑
스 초상화들이 걸려 있었다. 당시 유행했던 머리 모양
을 하고 머리분을 바른 프랑스 부인들과, 가발을 쓰고
입술이 육감적인 뚱뚱한 낯선 신사들. 어머니 쪽 먼
친척들이었다. 푸른색과 장밋빛, 비둘기빛을 배경으
로 희미하게 윤곽을 드러내는 얼굴들. 낯선 사람들.
그리고 근위 장교복 차림의 아버지와 어머니 초상화.
어머니는 깃털 달린 모자를 쓰고, 서커스의 기수처럼
한 손에 채찍을 들고 있었다. 그런 다음 일 평방미터
넓이의 빈자리. 희미한 회색 금은 그곳에 한때 그림이

걸려 있었다는 것을 암시했다. 장군은 무표정한 얼굴로 빈 사각형 앞을 지나갔다. 그러자 풍경화들이 나타났다.

복도 끝에 검은 옷차림의 유모가 서 있었다. 갓 풀을 먹인 흰 두건을 머리에 쓰고 있었다.

"무엇을 보세요? 그림?"

그녀가 물었다.

"그렇네."

"그 그림을 다시 걸까요?"

그녀는 물으면서, 노인들 특유의 솔직함으로 담담하게 벽의 빈자리를 가리켰다.

"그림이 아직 있나?"

장군이 물었다.

유모는 고개를 끄덕였다.

"아닐세."

그는 잠시 생각한 후 말했다. 그리고는 나지막이 덧붙였다.

"자네가 그림을 보관하고 있는지 몰랐네. 불태웠다고 생각했지."

"그림을 태우는 것은"

유모가 카랑카랑한 목소리로 말했다.

"부질없는 짓이에요."

"자네 말이 맞네."

장군의 말투에 신뢰가 넘쳤다. 유모 아닌 다른 사람하고는 그런 어조로 이야기할 수 없었다.

"그것이 중요한 게 아니지."

그들은 넓은 층계를 돌아, 하인과 하녀 들이 크리스털 꽃병에 꽃을 꽂고 있는 홀을 내려다보았다.

태엽을 감은 기계처럼, 지난 몇 시간 사이에 성이 되살아난 것 같았다. 가구, 아마 덮개를 벗겨낸 안락의자와 소파만이 아니라, 벽의 그림, 반들거리는 대형 철제 촛대, 유리 진열장과 벽난로 위의 장식품들도 다시 살아난 것 같았다. 벽난로에는 불을 피울 준비가 되어 있었다. 늦여름 자정이 지난 시간에는 차가운 증기가 축축하고 끈적끈적하게 방을 뒤덮기 때문이었다. 물체들이 갑자기 의미를 갖게 된 것 같았다. 세상에 존재하는 모든 것이 인간과 관계를 가지고, 인간의 행위와 운명에 참여할 때만 의미가 있다는 것을 증명하는 듯이 보였다. 장군은 널찍한 홀, 벽난로 앞 탁자 위의 꽃, 그리고 안락의자들의 배열을 유심히 주시하였다.

"저기 가죽 의자가"

그는 말했다.

"오른쪽에 있었지."

"아직도 그렇게 잘 기억하고 계세요?"

유모가 눈을 깜박이며 물었다.

"그렇네."

그는 대답했다.

"거기 불 옆 시계 아래에 콘라드가 앉아 있었지. 벽난로 맞은편 한가운데에 플로렌스 의자에는 내가, 어머니가 가져오신 안락의자에는 크리스티나가 앉아 있었어."

"어쩌면 그렇게 하나도 잊지 않으셨을까."

유모가 말했다.

"그렇네."

장군은 층계 난간에 몸을 기대고 아래를 응시했다.

"푸른 크리스털 꽃병에 달리아가 꽂혀 있었지, 사십일 년 전에."

"정말 다 그렇게 기억하고 있다니."

유모가 한숨을 내쉬었다.

"다 기억하고말고."

그는 조용히 말했다.

"프랑스 도자기 세트로 식탁을 차렸겠지?"

"네, 꽃무늬 도자기로 차렸어요."

니니는 말했다.

"됐어."

그는 안심한 듯 고개를 끄덕였다. 그들은 앞에 펼쳐져 있는 광경, 커다란 응접실과 육중한 가구들을 한동안 말없이 바라보았다. 이 생명 없는 물체들은 나무 · 금속 · 직물의 법칙에 따라서만 존재했다가, 사십일 년 전 어느 날 밤 생생한 의미로 채워지고 새로운 의의를 부여받은 것처럼 추억, 한 시간, 한순간의 의미를 간직하고 있었다. 태엽을 감은 기계처럼 되살아난 이제, 물건들은 그것을 기억해냈다.

"손님에게 무엇을 대접하려나?"

"송어."

니니는 말했다.

"수프와 송어. 스테이크와 샐러드. 아프리카산 닭. 그리고 알코올을 부어 구운 달걀. 요리사가 그것을 요리한 지가 십 년도 넘었어요. 하지만 잘될 거예요."

그녀는 걱정스러운 듯 말했다.

"잘되도록 애쓰게. 그때는 게도 있었는데."

그는 소리 죽여 말했다. 마치 심연을 향해 말하는 것 같았다.

"맞아요."

유모가 가만히 말했다.

"크리스티나가 게를 좋아했지요. 게 요리라면 무엇이든 잘 먹었어요. 그때만 해도 냇물에 게가 있었는데, 지금은 찾아볼 수 없어요. 저녁에 시내에서도 못 구했어요."

"포도주에 신경쓰게."

장군은 모반을 꾀하는 사람처럼 말했다. 유모는 잘 들으려고 자기도 모르게 가까이 다가가 고개를 기울였다. 오랫동안 집에서 일해온 사람이나 가족에게서만 볼 수 있는 친밀한 태도였다.

"1886년도산 폼마르*를 준비시키게. 그리고 생선 요리에는 샤블리*가 좋겠네. 샴페인은 오래 묵은 뭄을 큰 병으로 하나 가져오고. 자네도 기억하지?"

---

* 프랑스의 부르고뉴산 붉은 포도주의 일종.
* 프랑스의 샤블리 지방에서 생산되는 백포도주의 일종.

"네."

유모는 잠시 생각에 잠겼다.

"그것은 아주 떫은 것밖에 없어요. 크리스티나는 약간 떫은맛을 주로 마셨어요."

"한 모금. 구운 고기 요리를 먹을 때 항상 꼭 한 모금 마셨지. 그녀는 샴페인은 좋아하지 않았어."

"그 인간에게서 무엇을 원하세요?"

유모가 물었다.

"진실."

장군은 말했다.

"이미 알고 계시잖아요."

"아니, 모르네."

하인과 하녀 들이 꽃을 꽂다 말고 쳐다보는 것에 개의치 않고, 그는 큰소리로 말했다. 그러나 그들은 이내 눈을 내리뜨고 하던 일을 기계적으로 계속했다.

"나는 바로 그 진실을 모르네."

"하지만 현실은 알고 계시잖아요."

유모는 날카롭게 말했다.

"현실은 진실이 아닐세."

장군이 대답했다.

"현실은 일부에 지나지 않아. 크리스티나도 진실은 알지 못했어. 콘라드가 알고 있을 걸세. 그래서 지금 그에게서 알아내려는 걸세."

그는 조용히 말했다.

"무엇을 알아내겠다는 말씀인가요?"

"진실."

그는 짧게 대답하고 입을 다물었다.

하인과 하녀 들이 홀을 떠나고 두 사람만이 위에 남았을 때, 유모도 팔을 난간에 올려놓았다. 두 사람은 마치 산 위에서 풍경을 감상하는 것 같았다. 그들은 한때 세 사람이 벽난로 앞에 앉아 있었던 방을 보면서 말했다.

"드릴 말씀이 있어요. 죽음을 앞둔 크리스티나가 장군님을 찾았어요."

"그래."

장군은 말했다.

"그때 나는 집에 있었네."

"집에 계시면서도 없는 거나 다름없었어요. 여행 떠난 사람처럼 그렇게 멀리 계셨지요. 장군님은 장군님 방에 있었고, 크리스티나는 죽음과 싸우고 있었어

93

요. 동이 틀 무렵 저와 단둘이 있을 때, 장군님을 찾았어요. 오늘 저녁 그 사실을 알고 계시라고 말씀드리는 거예요."

장군은 아무런 말도 하지 않았다.

"그가 온 것 같네."

그는 몸을 일으켰다.

"니니, 포도주에 특별히 신경쓰게. 다른 것도 물론이고."

자갈 구르는 소리에 이어, 현관 앞에서 바퀴 소리가 들려왔다. 장군은 지팡이를 난간에 기대놓고 손님을 향해 내려가기 시작했다. 몇 발자국 내려가다 말고, 그는 발길을 멈췄다.

"촛대."

그가 말했다.

"기억하는가? 식탁용 푸른 촛대. 그것이 아직도 있을까? 식사할 때 그것에 불을 켰으면 하네."

"그것은 기억이 안 나는데요."

유모가 말했다.

"나는 기억하네."

그는 고집스럽게 대답했다.

노인답게 검은 양복을 장중하게 차려입은 그가 몸을 꼿꼿이 세우고 계단을 내려갔다. 홀의 커다란 유리문이 열리고, 하인 뒤에서 한 노인이 모습을 나타냈다.

"이보게, 내가 왔네."

손님이 낮은 소리로 말했다.

"자네가 다시 올 것을 한순간도 의심한 적이 없네."

장군도 소리를 낮추어 말했다. 그리고는 미소를 지었다.

그들은 격식을 갖추어 정중하게 악수를 나누었다.

10

그들은 벽난로 앞으로 걸어갔다. 그리고는 벽에 걸린 촛대의 차가운 불빛 속에서 눈을 깜박거리며, 전문가처럼 주의 깊게 서로를 훑어보았다.

콘라드는 장군보다 생일이 몇 달 빨랐다. 그는 봄에 일흔다섯번째 생일을 맞았다. 몸의 변화에 대한 나이 든 사람들 특유의 혜안으로 두 노인은 서로를 관찰했다. 본질적인 것에 집중해서 아주 주의 깊게, 생명력의 마지막 표시, 삶의 기쁨에 대한 희미한 흔적을 상대방의 얼굴과 태도에서 찾았다.

"아니."

콘라드는 진지하게 말했다.

"도로 젊어지지는 않지."

그러나 두 사람은 놀랍게도 시샘 반 기쁨 반으로

서로 상대방이 엄격한 시험에 합격했다는 것을 느꼈다. 지난 사십일 년, 멀리 떨어져보지는 못했지만 매일 한시각도 서로 잊어본 적이 없는 세월은 그들을 굴복시키지 못했다. 우리는 이겨냈다고 장군은 생각했다. 그리고 손님은 상대방이 건강한 모습으로 앞에 서 있었기 때문에 실망하고, 그 자신 왕성한 기력으로 돌아올 수 있었기 때문에 기뻤다. 그는 이렇게 내심 실망과 기쁨이 엇갈리는 묘한 만족을 맛보며 생각했다.

'나를 기다리고 있었어. 그래서 이렇게 건재할 수 있었던 게야.'

이 순간 두 사람은 기다림이 있었기에 지난 몇십 년 동안 생명력을 유지할 수 있었다는 것을 알았다. 마치 단 한 가지 과제를 준비하는 데 평생을 바친 것 같았다. 콘라드는 자신이 언젠가 돌아가리라는 것을, 장군은 이 순간이 오리라는 것을 알고 있었다. 두 사람은 이 순간을 위해서 살았다.

콘라드는 젊은 시절처럼 여전히 창백했다. 그가 지금도 방 안에만 칩거하고 바깥 공기를 피한다는 것을 안색만 보아도 알 수 있었다. 그도 검은 옷차림이었다. 수수하지만 제법 세련되어 보였다. 보아하니 돈

깨나 있구먼, 장군은 생각했다. 몇 분 동안 그들은 서로를 말없이 응시했다. 하인이 압생트*와 화주를 가져왔다.

"어디서 오는 길인가?"

장군이 물었다.

"런던에서."

"그곳에 살고 있나?"

"런던 근교에. 그곳에 작은 집을 한 채 가지고 있어. 열대에서 돌아와, 그곳에 정착했지."

"열대 어디에 있었는데?"

"싱가포르."

그는 흰 손을 들어, 자신이 한때 살았던 우주의 어느 장소를 가리키듯이 어디라 할 것 없이 공중의 한 지점을 가리켰다.

"열대를 떠나기 직전에 그곳에 있었어. 그전에는 반도의 내륙 깊숙한 곳, 말레이들과 내내 함께 있었지."

"그렇다면"

---

* 쑥으로 담근 초록빛의 독한 술.

장군은 말하면서 환영의 몸짓으로 불빛을 향해 압생트 잔을 쳐들었다.

"열대는 사람을 지치고 늙게 만드는구면."

"끔찍하지."

콘라드가 말했다.

"수명을 십 년은 단축시킨다네."

"자네는 그렇게 보이지 않아. 환영하네!"

그들은 유리잔을 비우고 자리에 앉았다.

"그런가?"

벽난로 옆 시계 아래 안락의자에 앉으면서 손님이 물었다. 장군은 그의 움직임을 날카롭게 주시했다. 장소가 발휘하는 매력이나 마법에 이끌리듯이 친구가 자기도 모르게 사십일 년 전 마지막으로 앉았던 바로 그 안락의자에 앉자, 장군은 안도의 표정으로 눈을 깜박거렸다. 그때까지 요리조리 잘 피했던 덫에 마침내 걸려든 들짐승을 바라보는 사냥꾼 같은 심정이었다.

"열대는 끔찍해."

콘라드는 같은 말을 되풀이했다.

"우리 같은 사람은 견디기 어려워. 그것은 사람의

내장을 고갈시키고, 몸의 조직을 불태워버리네. 열대는 사람 안에 있는 것을 죽인다네."

"그 때문에,"

장군은 대수롭지 않게 물었다.

"바로 자네 안의 것을 죽이기 위해서 그곳에 가지 않았나?"

그는 정중하게 물었다. 그리고 벽난로 맞은편, 가족들이 '플로렌스 의자'라고 불렀던 낡은 안락의자에 앉았다. 크리스티나와 콘라드하고 이야기를 나누었던 사십일 년 전 저녁, 그가 앉았던 바로 그 자리였다. 두 사람은 세번째 의자, 프랑스 비단 덮개를 씌운 빈 의자를 바라보았다.

"그랬지."

콘라드는 조용히 말했다.

"그래, 자네 뜻대로 되었나?"

"이제 나도 늙었어."

콘라드는 벽난로의 불꽃을 응시했다.

그는 묻는 말에는 대답하지 않았다. 하인이 와서 저녁 식사가 준비되었다고 알릴 때까지, 그들은 그렇게 말없이 앉아 불꽃을 바라보았다.

11

"이렇다네."

콘라드는 송어를 먹은 후 말했다.

"처음에 자네는 익숙해질 거라고 생각하지."

그는 열대에 대해서 이야기하였다.

"그곳에 갔을 때만 해도, 나는 아직 젊었어. 자네도 기억할 걸세, 서른두 살. 나는 곧장 늪지대로 갔어. 그곳의 집들은 양철 지붕이라네. 내 수중에는 돈 한푼 없었지. 비용은 전부 식민 회사가 댔어. 밤에 침대에 누워 있으면, 마치 따뜻한 안개 속에 누워 있는 것 같아. 아침이 되면 안개가 짙어지면서 무더워지네. 시간이 조금 지나면 무디어지지. 다들 술을 마시고, 눈에 핏발이 서네. 처음 일 년 동안은 이러다 죽지 하는 생각이 들어. 삼 년째 접어들면, 늙은 게 아니라 삶의 리듬이 변했구나 하는 느낌이 들지. 삶의 속도가 빨라진다고나 할까, 몸 안의 것이 불타고 심장의 고동이 달라진다네. 그러면서 모든 것에 무관심해지지, 그런 무관심이 몇 달 동안 계속된다네. 그런 다음 자신과 주변에서 무슨 일이 일어나는지 도통 알 수 없는 순간이 오지. 그러기까지 간혹 오 년이 걸리기도 하지만, 몇 달 만에 일어날 수도 있어. 분노의 광란. 그런 순간에 많은 사람들이 살인자가 되거나 스스로 목숨을 끊는다네."

"영국 사람들도?"

"영국인들은 그런 경우가 드물어. 그러나 그들도 이 열병, 분노에 감염되기는 마찬가지일세. 박테리아가 원인은 아니지만, 나는 병이 분명하다고 확신하네. 다만 아직 원인을 모를 뿐일세. 물 때문일 수도 있고, 아니면 식물이나 사랑 때문일지도 모르지. 이 말레이 여인들에게 익숙해지기는 참 어렵네. 개중에는 무척 아름다운 여자들도 있지. 그들은 늘 미소를 짓는다네. 그리고 식탁이나 침대에서 시중을 들 때, 피부의 움직임이 아주 유연하지. 하지만 그들에게 익숙해질 수는 없어. 그래, 영국 사람들, 그들은 저항하지.

그들은 짐 속에 영국을 송두리째 넣어 가지고 다닌다
네. 예의 바른 오만함, 폐쇄성, 좋은 교육, 골프장과
테니스장, 위스키, 늪지대 한복판 양철 지붕 아래에
서 저녁이면 입는 턱시도. 물론 다 그런 것은 아닐세.
전설 같은 이야기야. 대부분은 사오 년이 지나면 벨기
에 · 프랑스 · 네덜란드 사람들처럼 야만적이 되지.
나병이 인간의 살갗을 갉아먹듯이, 열대는 대학에서
배운 예절과 관습을 좀먹는다네. 옥스퍼드와 케임브
리지가 썩어 없어지지. 자네도 알아두게, 열대에서
일정 기간 이상을 보낸 사람은 누구나 그들의 고향 섬
에서 의심을 받는다네. 주목받고 존경받지만, 의심스
러운 인물이지. 틀림없이 비밀 문서에 '열대' 라고 기
록되어 있을 걸세. '혈액 질병' 이나 '간첩 활동' 이라
고 쓰듯이 말일세. 오랫동안 열대에 있었던 사람은 누
구 할 것 없이 다 의심을 받아. 골프와 테니스를 치고,
싱가포르의 클럽에서 위스키를 마시고, 이따금 턱시
도나 제복 차림으로 가슴에 훈장을 차고 총독의 사교
장에 나타나더라도 다 헛일이기 때문이지. 그는 끝까
지 의심스러운 사람으로 남아 있네. 열대를 체험했기
때문일세. 저항할 수 없는 이 두려운 전염병, 생명을

위협하는 것이 흔히 그렇듯이 사람을 끌어당기는 이 전염병을 가슴에 품고 있기 때문이네. 열대는 병이야. 열대병은 치유할 수 있지만, 열대는 절대로 치료 불가능해."

"무슨 말인지 알겠네."

장군이 말했다.

"자네도 그 병에 걸렸나?"

"안 걸리는 사람은 없어."

손님은 머리를 뒤로 젖히고 전문가처럼 샤블리를 살짝 한 모금 맛보았다.

"알코올 중독자가 되는 사람은 그나마 쉽게 벗어나는 것일세. 그곳에는 늪 건너편 정글과 산속의 회오리바람 같은 정열이 숨어 있어. 온갖 종류의 정열. 바로 그 때문에 섬나라 영국 사람들은 열대에서 돌아오는 사람을 의심하는 걸세. 그의 피, 심장, 신경 속에 무엇이 숨어 있는지 도무지 알 수 없거든. 어쨌든 그는 이제 단순한 유럽 사람이 아닐세. 완전한 유럽 사람이라고 할 수 없지. 아무리 유럽의 잡지를 배달시키고, 지난 몇 년 동안, 아니 몇 세기 동안 이곳 대륙에서 생각하고 저술한 것을 읽어도 소용이 없다네. 알코올 중독자가 사람들이 모인 자리에서 거동에 주의하듯이, 열대에서도 백인종들은 예의범절을 존중한다네. 하지만 그 번잡하고 별난 예의범절을 아무리 지켜도 다 쓸데없어. 자신의 정열을 눈치채지 못하도록 뻣뻣하게 행동하고, 신중히 아주 매끄럽고 올바른 행실을 하지…… 그러나 그의 속은 다르네."

"그렇다면,"

장군은 말하면서 백포도주 잔을 불빛에 비추었다.

"이제 그 속에 든 것 이야기 좀 해보게."

상대방이 침묵을 지키자, 장군은 다시 말했다.

"자네가 오늘 저녁 여기 온 것은 그 이야기를 하기 위해서가 아닌가."

그들은 크리스티나가 세상을 뜬 이후 앉아본 손님도 없고, 몇십 년 동안 식사를 한 사람도 없는 커다란 식당의 긴 식탁에 앉아 있다. 식당은 지난 시대의 가구와 일용품을 전시한 박물관처럼 보인다. 벽에는 낡은 프랑스 벽지가 발라져 있고, 가구는 베르사유 제품이다. 긴 식탁의 양끝에 앉아 있는 그들 사이 정교한 흰색 무늬 비단을 깐 중앙에는, 크리스털 꽃병에 서양란이 꽂혀 있다. 도자기로 만든 네 개의 조각품이 꽃병을 둘러싸고 있다. 세르비아 출신 대가의 걸작으로, 우아한 예술품은 동서남북을 상징한다. 장군 앞에는 서쪽, 콘라드 앞에는 동쪽이 자리하고 있다. 동쪽은 종려나무와 낙타 옆에서 빙긋이 웃는 작은 아라비아인을 보여준다.

굵은 푸른색 초를 꽂은 사기 촛대들이 식탁에 일렬로 늘어서 있다. 촛대 말고는 방의 네 귀퉁이에 숨어 있는 전등만이 방을 비춘다. 촛대의 불꽃이 높이 일렁이며 가물가물 타오른다. 방 안은 어스름하다. 잿빛 대리석 벽난로에서 장작이 검붉게 타오른다. 여닫이 문은 살짝 열려 있으며, 잿빛 비단 커튼은 반쯤 창문을 가리고 있다. 여름 밤의 공기가 때때로 창문을 통해 들어온다. 얇은 커튼 사이로 달빛 어린 풍경과 작은 시가지의 아물거리는 불빛이 보인다.

꽃과 촛대가 있는 긴 식탁의 중앙에, 고블랭*을 씌운 의자가 벽난로 쪽으로 등을 돌리고 있다. 그것은 크리스티나, 장군 부인의 자리였다. 식기를 놓는 곳 앞에 남쪽을 상징하는 조각품이 놓여 있다. 모자 달린

*Gobelin. 형형색색의 실로 무늬를 짜 넣어 만든 장식용 벽걸이. 15세기 중엽 프랑스의 고블랭 집안에서 만들기 시작했으며, 주로 인물이나 풍경 따위의 그림을 짜 넣는다.

외투 차림의 거무스름한 사람이 한 뼘 크기만한 면적에서 사자와 코끼리와 함께 평화로이 무엇인가를 보호하고 있다. 검은 프록코트를 입은 집사가 뒤편에서 미동 없이 서비스 탁자를 감독한다. 그는 오늘 저녁 프랑스식으로 짧은 반바지와 검은 연미복을 차려입은 하인들에게 눈짓으로 명령을 내린다. 프랑스 관습은 장군의 어머니가 이곳에 심어놓은 것이었다. 그 이방인 여인은 식당의 가구는 물론이고 접시, 금빛 포크와 칼, 유리잔과 크리스털 꽃병 그리고 벽지까지도 고향에서 가져왔다. 그녀는 이 식당에서 식사할 때마다, 하인들이 그것에 어울리는 의복을 입고 시중들기를 원했다. 식당 안은 적이 고요해서 불타는 장작의 바스락거리는 소리가 들린다. 소리 죽여 이야기하는데도, 그들의 목소리가 방 안에 울린다. 묵은 나무를 덧댄 벽이 현악기처럼 나지막한 소리까지도 울려 퍼지게 한다.

"아니."

식사하는 동안 깊은 생각에 잠겨 있던 콘라드가 말한다.

"빈에 가는 길에 그냥 들른 거라네."

그는 세련된 손놀림으로, 그러나 노인답게 허겁지겁 서둘러 먹는다. 이제 포크를 내려놓고 몸을 앞으로 숙여, 멀찍이 앉아 있는 주인 쪽을 향해 말한다. 아니, 거의 외치다시피한다.

"자네를 한번 보고 싶었기 때문에 왔네. 당연하지 않은가."

"그야 물론이지."

장군은 정중하게 대답한다.

"그러니까 빈에 들렀구먼. 열대와 정열을 알게 된 자네에게는 틀림없이 커다란 체험이었을 걸세. 자네 언제 마지막으로 빈에 갔었나? 아주 오래 전 일이지?"

그는 정중하게 묻는다. 목소리에서 조롱하는 기색을 조금치도 느낄 수 없다. 손님은 반대편 식탁 끝에서 미심쩍은 눈빛으로 그를 바라본다. 커다란 식당에 멀리 떨어져 앉아 있는 두 노인은 적이 당황한다.

"그래, 아주 오래 전 일일세."

콘라드가 대답한다.

"사십 년 전. 그때……"

그는 불안한 듯 자기도 모르게 당황하여 말을 더듬는다.

"그때 싱가포르로 떠나던 길에."

"알겠네."

장군은 말한다.

"그래, 빈에서 무엇을 발견했나?"

"변화."

콘라드가 말한다.

"내 나이에 이런 처지에 있으면, 어디에서나 변화만 눈에 띄게 마련일세. 어쨌든 나는 사십 년 동안이나 유럽 대륙을 떠나 있지 않았는가. 싱가포르에서 런던으로 가는 길에 잠시 몇 시간 프랑스 항구에 들른게 전부라네. 하지만 빈은 한 번 보고 싶었지. 그리고 이 집도."

"그래서 길을 나섰나?"

장군은 묻는다.

"빈과 이 집이 보고 싶어서? 아니면 이곳 대륙에 사업상 볼일이 있었나?"

"이제 더 이상 무슨 볼일이 있겠나."

콘라드는 대답한다.

"나도 자네처럼 일흔다섯일세. 죽을 날이 얼마 안 남았지. 그래서 길을 나섰고, 또 지금 이곳에도 온 거라네."

"그 말은"

장군은 상대방의 용기를 돋우는 정중한 어조로 말
한다.

"이 나이가 되면 살 만큼 살았다는 뜻이지. 자네도
그렇게 생각하지 않나?"

"나는 벌써 살 만큼 살았네."

손님은 말한다.

그는 특별히 강조하는 내색 없이 조용히 말한다.

"빈."

그는 말한다.

"그것은 나에게 세계를 위한 음차* 같은 것이었어.
빈이라고 말하는 것은 음차를 두들긴 다음 대화를 나
누는 상대방이 이 소리를 어떻게 듣는지 귀를 기울이
는 것과 같았지. 나는 그것으로 사람들을 시험했네.
대답할 수 없는 사람은 나와 같은 종류의 사람이 아니
었어. 빈은 도시일 뿐 아니라 영원히 마음속에 품고
다니는 소리기 때문이지. 그것은 내 인생에서 가장 아

* 플룻. 소리굽쇠. 긴 'U' 자 형태의 물건. 두들겨 특정한 음 높이를 만들어내는 데
사용한다.

름다운 것이었어. 나는 가난했지만 혼자가 아니었네. 친구가 있었기 때문이지. 그리고 빈도 친구나 다름없었어. 나는 열대에서 비가 내리면 항상 빈의 소리를 들었네. 다른 때도 마찬가지였지. 정글 속에서 히칭 집 현관의 곰팡이 냄새가 이따금 생각났어. 사람의 마음속에 순수한 감정들이 깃들어 있는 것처럼, 음악과 내가 사랑한 모든 것이 빈의 돌, 사람들의 시선과 몸짓에 숨어 있었지. 이제는 감정 때문에 마음 아플 일이 없다는 것을 자네도 알 걸세. 겨울의 빈과 봄의 빈. 쇤보른의 가로수. 사관학교 침실의 푸른 불빛. 바로크 동상이 있는 커다란 흰색 층계참. 프라터에서의 아침 승마. 승마 학교의 백마들. 그 모든 것이 지금도 눈에 선하네. 그래서 한번 더 보고 싶었지."

그는 부끄러운 듯이 소리 죽여 말한다.

"그래서 사십일 년 후에 무엇을 발견했나?"

장군이 다시 묻는다.

"도시."

콘라드는 어깨를 움찔하면서 말한다.

"변화."

"이곳에서만큼은"

111

장군은 말한다.

"실망하지 않을 걸세. 이곳은 별로 변화하지 않았어."

"그동안 여행을 안 했나?"

"거의 안 했지."

장군은 촛불을 응시한다.

"직무상 필요한 경우에만. 자네처럼 퇴직할까 잠시 생각한 적도 있었어. 넓은 세상에 나가 여기저기 둘러보고 물건이나 사람을 좀 찾아볼까 생각했지."

그들은 서로 상대방을 보지 않는다. 손님은 누르스름한 액체가 들어 있는 잔을, 장군은 촛불을 응시한다.

"하지만 그냥 이곳에 머물렀네. 직무라는 것, 자네도 잘 알지 않는가. 사람이 점점 굳어지면서 완고해지지. 나는 근무 연한을 다 채우겠다고 아버지와 약속했네. 그래서 머물렀지. 하지만 퇴직은 좀 앞당겨 했어. 쉰 살에 사단을 맡으라는 요청이 들어왔어. 그러기에는 내가 너무 젊다는 생각이 들었지. 그래서 퇴역했네. 다들 이해해주었어. 게다가"

그는 하인에게 붉은 포도주를 따르라고 눈짓한다.

"일에서 도무지 기쁨을 느낄 수 없는 시절이었어. 혁명, 혼란."

"그래."

손님은 말한다.

"그 이야긴 나도 들었네."

"듣기만 했나? 우리는 몸으로 겪었네."

장군은 준엄하게 말한다.

"듣기만 한 것은 아닐세."

상대방은 말한다.

"1917년, 그래. 그때 나는 두번째로 열대에 갔어. 늪지대에서 중국과 말레이 날품팔이꾼들하고 일했지. 중국 사람들이 단연 최고야. 그들은 도박으로 모든 것을 날리지만 그래도 제일 나아. 우리는 정글 한복판 늪지대에서 살았어. 물론 전화 한 대 없었지. 라디오도 마찬가지고. 바깥 세상에서는 전쟁이 광분하고 있을 때였어. 당시 나는 영국 시민권을 가지고 있었지만, 옛 조국에 대항하여 싸울 수 없다는 것을 다들 이해해주었지. 그 정도는 이해할 수 있는 사람들이야. 그래서 열대로 돌아갈 수 있었지. 그곳에서 우리는 아무것도 몰랐네. 날품팔이꾼들은 더 말할 것도 없고. 그런데 어느 날, 신문도 라디오도 없고 바깥 세상의 소식이 오는 데 몇 주가 걸리는 늪지대 한가운데

113

서, 그들이 일손을 내려놓지 뭔가. 정확하게 정오였
지. 이렇다 할 동기도 없었고, 달라진 것도 전혀 없었
어. 노동 조건이나 규정, 배급도 평상시 그대로였어.
상황에 맞게 꼭 필요한 만큼, 좋지도 나쁘지도 않았
지. 그런데 1917년 어느 날 정오에, 그들이 일을 그만
두겠다고 말하지 뭔가. 허리까지 온통 진흙투성이에
다 웃통을 벗어붙인 사천 명의 날품팔이꾼들이 정글
에서 나와 공구, 도끼와 괭이를 내려놓고 더 이상 할
수 없다고 말하는 거야. 그리고는 이런저런 것을 요구
했지. 농장 소유주들에게서 징계권을 몰수하고, 임금
을 올려주고, 휴식 시간을 늘려달라는 것이었어. 그
들이 무엇 때문에 그러는지 도무지 알 수가 없더구먼.
사천 명의 날품팔이꾼들이 눈앞에서 사천 명의 누렇
고 거무스름한 악마로 변했어. 오후에 나는 말을 타고
싱가포르에 갔네. 그리고 그곳에서 소식을 들었지.
나는 반도에서 맨 먼저 그 소식을 들은 몇 안 되는 사
람 중의 하나였어."

"반도에서 무슨 소식을 들었나?"

장군은 물으면서 몸을 앞으로 숙인다.

"러시아에서 혁명이 일어났다는 소식. 이름이 레

114

닌이라는 것만 알려진 한 인간이 가방 속에 볼셰비즘을 넣어서 납땜한 열차 편으로 고향에 돌아갔다는 소식. 라디오도, 전화도 없는 정글 한복판의 날품팔이 꾼들이 안 것과 같은 날에 런던에서도 그 소식을 알았지. 불가사의한 일이었어. 그러나 나는 곧 이해할 수 있었네. 중요한 일은 기계의 도움 없이도 알 수 있지."

"그렇게 생각하나?"

장군이 묻는다.

"그렇게 알고 있네."

상대방은 대답한다.

"크리스티나가 언제 세상을 떴나?"

불쑥 그가 묻는다.

"크리스티나가 죽은 것을 어떻게 아는가?"

장군은 억양 없이 묻는다.

"자네는 열대에 있었고, 사십일 년 동안 유럽 대륙에는 발을 디디지 않았네. 자네의 날품팔이꾼들이 혁명이 일어난 사실을 감지하듯이 그렇게 느꼈나?"

"내가 느꼈냐고?"

손님은 말한다.

"그랬을지도 모르지. 하지만 지금 이 자리에 그녀가 없지 않은가. 그렇다면 어디에 있겠나? 무덤 속밖에 더 있나?"

"그래."

장군은 말한다.

"그녀는 정원에 누워 있네. 생전에 원한 대로 온실 옆에."

"죽은 지 오래되었나?"

"자네가 떠나고 팔 년 후."

"팔 년 후라."

손님은 말한다. 그의 핏기 없는 입술과 하얀 의치가 음식을 씹거나 숫자를 헤아릴 때처럼 움직인다.

"그러면 서른 살이었구면."

이제 그는 나지막이 소리내어 계산한다.

"지금 살아 있다면, 예순세 살이겠어."

"맞네. 우리처럼 노인이 되었겠지."

"왜 죽었나?"

"악성 빈혈이래나. 꽤 희귀한 병이었지."

"그렇게 희귀한 것은 아닐세."

콘라드는 잘 아는 사람처럼 말한다.

"열대에서는 자주 볼 수 있어. 생활 환경이 바뀌면, 혈액이 반응하는 것일세."

"그럴 수도 있겠지."

장군은 말한다.

"유럽에서도 생활 환경이 바뀌면 자주 나타날지 모르지. 나는 그런 방면에 관해선 아는 게 없어."

"나도 많이 아는 것은 아닐세. 다만 열대에서는 늘 신체적인 문제가 골치를 썩인다네. 다들 반 돌팔이 의사가 되어가지. 말레이 사람들도 늘 그런 식으로 병을 진단하네. 그러니까 그녀가 1907년에 죽었단 말이지."

그는 내내 그 생각에 골몰했으며 마침내 해답을 얻은 양 담담하게 말한다.

"자네는 그때 참전 중이었나?"

"그렇네. 전쟁이 터져서 끝날 때까지 참전했어."

"어땠나?"

"전쟁 말인가?"

장군은 손님을 냉정하게 응시한다.

"열대처럼 끔찍했지. 무엇보다도 전쟁이 끝나기 전 북부 전선에서의 마지막 겨울이 끔찍했어. 여기 유럽에서도 삶은 모험일세."

그는 미소지으며 말한다.

"모험이라고…… 그럴지도 모르지."

손님은 고개를 끄덕인다.

"자네들이 싸우는 동안 고향을 떠나 있어, 사실 이 따금 괴로웠네. 고향에 돌아가서 연대에 복귀할까 잠시 생각한 적도 있었어."

"자네가 돌아올 거라고"

장군은 침착하고 정중하지만 단호한 어조로 말한다.

"생각한 사람도 몇 명 있었지. 그러나 자네는 끝내 돌아오지 않았어. 필경 다른 할 일이 있었겠지."

그는 상대방의 기분을 헤아려 말한다.

"그때 나는 영국 시민이었어."

콘라드가 당황하여 말한다.

"십 년에 한 번씩 고향을 바꿀 수는 없지 않은가."

"그렇지."

장군은 동의한다.

"나는 고향을 바꿀 수는 없다고 생각하네. 기껏 서류상으로나 바꿀 수 있겠지. 그렇지 않나?"

"내 고향은"

손님은 말한다.

"이제 존재하지 않아. 내 고향은 폴란드와 빈, 이 집과 시내의 병영, 갈리시아와 쇼팽이었어. 이중에서 무엇이 남아 있는가? 전체를 지탱해주는 비밀스러운 끈이 사라져버렸네. 그래서 다 알알이 흩어져버렸지. 내 고향은 감정이었어. 이 감정이 상처입었고, 그렇게 되면 떠날 수밖에 없네. 열대 아니면 더 먼 곳으로."

"더 먼 곳 어디로?"

장군은 차갑게 묻는다.

"시간 속으로."

"이 포도주는,"

장군은 말하면서 검붉은 액체가 들어 있는 잔을 높이 든다.

"아마 자네도 기억할 걸세. 우리가 군인 선서를 한 해, 1886년도산이네. 우리 아버지는 그날을 기념하기 위하여 지하실 한쪽에 이 포도주를 저장해두셨지. 거의 한 사람의 일생만큼이나 까마득히 오래 전 일이네. 묵은 포도주일세."

"우리가 맹세한 대상은 이제 존재하지 않아."

손님은 엄숙하게 말하면서, 잔을 높이 든다.

"우리가 맹세했던 사람들은 모두 죽었거나 멀리 떠났든지, 아니면 포기했어. 목숨을 바칠 만한 보람이 있는 세계가 한때 존재했지. 이 세계는 죽었어. 새로운 세계는 나와는 상관이 없어. 내 할말은 이것뿐이네."

"이 세계가 현실에서 존재하지 않더라도 나에게는 아직 살아 있네. 내가 맹세를 한 이상 아직 살아 있어. 내 할말은 이것뿐이네."

"그래, 자네는 군인으로 남아 있었지."

손님은 대답한다.

식탁 양끝의 두 사람은 말없이 잔을 들어 비운다.

12

"자네가 떠난 다음,"

긴장을 조성하는 중요한 이야기를 끝내고 이제 편하게 잡담하는 사람들처럼 장군은 친밀하게 말한다.

"우리는 자네가 돌아올 거라고 오랫동안 믿었네. 여기 있던 사람 모두 자네를 기다렸어. 다들 자네 친구였지. 자네는 좀 괴짜였어. 말이 과했다면 용서하게. 자네에게 음악이 더 소중하다는 것을 알고 있었기 때문에, 우리는 그럴 수 있다고 생각했네. 자네가 왜 떠났는지 아무도 몰랐어. 하지만 우리는 그럴 만한 이유가 있을 거라고 생각했지. 진짜 군인인 우리와는 달리 자네에게는 모든 게 더 힘들다는 것을 다들 알고 있었어. 자네는 잠시 스쳐 지나간다고 생각한 것이 우리에게는 소명이었고, 자네에게 위장이었던 것이 우리에게는 운명이었어. 자네가 이 위장의 껍질을 벗어 던졌을 때, 우리는 놀라지 않았네. 그러나 우리는 언젠가 자네가 돌아올 거라고 믿었어. 아니면 소식이라도 전하든지. 우리 중 몇몇은 그럴 거라고 생각했지. 솔직히 말해, 나도 그중의 한 사람이었네. 크리스티나도 마찬가지였고. 자네가 기억하는 연대의 몇 사람도 그랬네."

"나는 별로 기억나지 않네."

손님은 무관심하게 말한다.

"그래, 자네는 많은 일을 겪었지. 저기 바깥 세상에서. 거기에서는 쉽게 잊어버리지."

"아닐세."

상대방은 말한다.

"세상은 아무것도 아닐세. 중요한 것은 절대로 잊어버리지 않는다네. 나이가 든 훗날에서야, 나는 그것을 깨달았네. 사소한 것은 존재하지 않아. 그런 것은 꿈처럼 그냥 던져버릴 수 있어. 연대는 기억나지 않네."

그는 고집스럽게 말한다.

"얼마 전부터 나는 중요한 것만 기억하네."

"예를 들어 빈과 이 집이 그렇다는 말인가?"

"빈과 이 집."

손님은 기계적으로 따라 말한다. 그리고는 반쯤 감은 눈을 깜박거리며 앞을 응시한다.

"참 신기하게도 기억은 쌀과 뉘를 골라낸다네. 십 년, 이십 년이 지나보면, 커다란 사건들은 사람의 내면을 하나도 변화시키지 못한 것을 알 수 있어. 그런데 사냥 갔던 일이나 책의 한 구절, 아니면 이 방이 어느 날 불현듯 머리에 떠오르네. 우리가 마지막으로 함께 이곳에 있었을 때는 세 사람이었지. 그때는 크리스티나가 살아 있었어. 그녀는 저기 가운데에 앉아 있었지. 그때도 이 장식품이 식탁에 있었네."

"맞아."

장군은 말한다.

"자네 앞에는 동쪽, 크리스티나와 내 앞에는 남쪽과 서쪽이 있었지."

"그렇게 세세한 일까지도 기억하고 있나?"

손님이 놀라서 묻는다.

"나는 전부 기억하고 있네."

"그래, 이따금 세세한 일이 아주 중요할 때도 있어.

말하자면 그런 것들이 전체를 지탱해주고 기억의 파편들을 응집시켜주지. 비가 내리는 열대에서, 나도 가끔 그런 생각을 했네. 그런데 이 비 말일세."

그는 화제를 바꾸려는 듯이 말한다.

"비가 몇 달씩 기관총처럼 양철 지붕을 때리지. 그러면 늪에서 김이 오르네. 비가 아주 따끈하거든. 침대 시트, 속옷, 책, 양철 깡통 속의 담배, 빵, 모든 것이 눅눅해지지. 끈끈하고 끈적거려. 자네는 집에 앉아 있고, 말레이 사람들은 노래를 부르네. 자네가 데려온 여자는 방 한구석에 꼼짝 않고 앉아서 자네를 바라보지. 그들은 몇 시간이고 그렇게 앉아서 사람을 뚫어져라 바라볼 수 있어. 처음에는 대수롭지 않게 생각하지. 그러다가 신경에 거슬려서 방에서 나가라고 말하네. 하지만 그래 보았자 소용없어. 그들이 어딘가 다른 방에 앉아서 벽을 뚫고 자네를 응시하고 있다는 것을 안 봐도 알 수 있네. 그들은 전세계에서 가장 순종적인 짐승, 말없는 동물, 티베트의 개들처럼 커다란 갈색 눈을 가지고 있어. 그렇게 빛나는 고요한 눈으로 사람을 바라본다네. 어디를 가든지 이 눈빛이 불길한 섬광처럼 뒤쫓아오는 것을 느낄 수 있어. 자네가 소리 지르면 그들은 미소를 짓네. 때리면, 미소지으며 자네를 바라보지. 쫓아내면, 현관 문턱에 앉아 집 안을 들여다본다네. 다시 불러들일 수밖에 없어. 그들은 쉬지 않고 아기를 낳아. 하지만 그런 이야기를 하는 사람은 아무도 없어, 본인은 더 말을 안 하지. 마치 자네 옆의 한 인간 안에 짐승, 살인자, 사제, 마법사 그리고 광신자가 다 들어 있는 것 같아. 시간이 지나면서 점점 피곤해지네. 아무리 강한 사람도 녹초로 만들어버릴 정도로 그 시선이 강하기 때문일세. 마치 계속 손으로 쓰다듬는 것 같아. 나중에는 미쳐버릴 것만 같지. 그러나 그것에도 무감각해지네. 비가 내리고, 방 안에 앉아 화주, 많은 화주를 마시며 달콤한 담배를 피우지. 간혹 누군가 찾아오면, 별로 말없이 같이 화주를 마시고 달콤한 담배를 피우네. 책을 읽고 싶은 생각이 들지만, 어찌된 일인지 책 속에도 비가 내려. 말 뜻 그대로는 아니지만 실제로 비가 내리네. 읽어도 무슨 말인지 알 수가 없어. 계속 빗소리만 들려오지. 피아노를 치려 들면, 비가 옆에 앉아 같이 피아노를 친다네. 그리고 나면 건기가 오지. 밝은 햇살 속에서 김이 피어올라. 사람들은 빨리 늙는다네.”

"자네, 열대에서"

장군이 정중하게 묻는다.

"이따금 「폴로네즈 환상곡」을 연주했나?"

그들은 왕성한 식욕으로 주의를 기울여 스테이크를 먹는다. 노인들에게 식사는 단순한 영양 섭취가 아니라 장엄한 원초적인 행위를 뜻한다. 그렇게 그들은 씹는 데 정신을 집중한다. 힘을 모으기 위한 양, 주의를 기울여 고기를 씹고 삼킨다. 움직이기 위해서는 힘이 필요하고, 그 힘은 음식, 반쯤 익힌 고기와 진한 빛깔의 포도주에도 들어 있다. 그들은 조금 쩝쩝 소리를 내며 먹는다. 식탁 예절 같은 것에 주의할 시간이 없으며, 고기 결 하나하나를 철저하게 씹고 이 속에 들어 있는 생명력을 빨아내어 이용하는 것이 더 중요한 듯 진지하게 열중하여, 거의 경외하는 태도로 먹는다. 그들의 손놀림에는 기품이 있지만, 종족의 제일 연장자가 향연에서 그렇듯이 서둘러 쉬지 않고 먹는다.

뒤편의 집사가 걱정스러운 눈빛으로 하인의 동작을 뒤쫓는다. 하인이 흰 장갑 낀 두 손으로 커다란 쟁반을 들고 몸의 균형을 잡으려 애쓰고 있기 때문이다. 쟁반 위에는 푸르스름한 노란 불꽃을 내며 타오르는 알코올 옆에 초콜릿 아이스크림이 담겨 있다.

하인들이 손님과 주인에게 샴페인을 따른다. 두 노인은 전문가처럼 거의 어린아이 크기만한 병에서 흘러나오는 누르스름한 액체의 냄새를 맡는다.

장군이 한 모금 맛보더니 잔을 옆으로 밀어놓는다. 그는 붉은 포도주를 더 마시겠다는 신호를 한다. 손님도 눈을 깜박거리며 이 동작을 따른다. 그들은 많이 먹고 마신 탓에 상기되어 있다.

"우리 할아버지 생전에는"

장군은 말하면서 포도주를 바라본다.

"모든 손님 앞에 식탁용 포도주 일 핀트*가 놓여 있었어. 손님들을 위한 것이었지. 일 핀트, 반 리터의 식탁용 포도주. 우리 아버지 말씀에 따르면, 왕이 초대한 사람들 앞에도 불룩한 크리스털 병 속에 식탁용 포도주가 들어 있었다네. 모든 사람 앞에 한 병씩. 식탁에서 손님이 마시고 싶은 만큼 마실 수 있었기 때문에 식탁용 포도주라고 불렀지. 공식적인 포도주는 따로 따라주었어. 그것이 궁궐의 주도酒道였지."

---

* 액체를 가늠하는 단위. 거의 반 리터에 해당한다.

"그래."

콘라드는 불그스름한 얼굴로 소화시키기에 여념이 없다.

"그때는 모든 것에 질서가 있었지."

그는 무관심한 어조로 덧붙인다.

"그는 여기에서도 식사를 한 적이 있어."

장군은 대수롭지 않게 말하면서 식탁 중앙의 왕의 자리를 눈으로 가리킨다.

"그의 오른쪽에는 어머니가, 왼쪽에는 신부가 앉아 있었어. 여기 이 방에서 그는 상석에 앉아 식사를 했지. 잠은 위층의 노란 방에서 잤어. 그리고 식사 후에 어머니하고 춤을 추었네."

그는 상노인처럼, 아니 거의 어린아이처럼 회상에 잠겨 나지막이 말한다.

"그런데 이제는 이런 이야기를 나눌 만한 사람이 없어. 그래서라도 자네가 이렇게 돌아와 좋구먼."

그는 아주 진지하게 말한다.

"자네 우리 어머니하고 「폴로네즈 환상곡」을 연주한 적이 있지. 열대에서도 그 곡을 연주했나?"

그는 중대한 일인 양 한 번 더 묻는다.

128

손님은 잠시 생각에 잠긴다.

"아니,"

그는 말한다.

"열대에서는 쇼팽을 치지 않았네. 이보게, 이 음악은 내 마음을 너무 많이 휘저어놓아. 열대에서는 더 예민해진다네."

먹고 마시는 사이, 처음 반시간 동안의 불편했던 격식은 사라지고 없다. 경직된 동맥 속의 피가 더 따뜻하게 흐르고, 관자놀이와 이마의 핏줄이 불거진다. 하인들이 온실의 과일을 가져온다. 그들은 포도와 모과를 먹는다. 식당 안은 훈훈하고, 여름 밤의 대기가 반쯤 열린 창문의 잿빛 커튼을 펄럭인다.

"커피는"

장군은 말한다.

"저쪽에서 마시겠네."

그 순간 돌풍이 창문을 활짝 열어젖힌다. 커튼이 펄럭이는가 싶더니, 묵직한 크리스털 샹들리에가 폭풍우 속의 배처럼 흔들린다. 하늘이 한순간 밝아지고, 금빛 단도가 희생자의 몸을 가르듯이 유황빛 누런 번개가 밤하늘을 가른다. 폭풍이 방 안을 휩쓸면서 놀라 깜박이는 촛불들을 순식간에 몇 개 꺼버린다. 갑자기 칠흑같이 어두워진다. 집사가 서둘러 창문으로 달려간다. 그는 하인 두 명의 도움을 받아 어둠 속을 더듬거리며 창문을 닫는다. 그때 어둠에 덮인 시가지가 보인다.

시내 발전소가 번개에 맞은 것이다. 그들은 말없이 어둠 속에 앉아 있다. 벽난로의 불빛과 꺼지지 않은 두 개의 촛불만이 방 안을 비춘다. 이윽고 하인들이 다시 촛대를 가져온다.

"저쪽으로."

번개와 어둠에 전혀 동요하지 않은 장군이 말한다.

하인이 촛불을 높이 들고 길을 안내한다. 으스스한 불빛 속에서 벽의 그림자처럼 약간 흔들거리며 말없이 식당을 나온 그들은 차가운 살롱들을 지나 방으로 간다. 방의 가구라고는 열린 그랜드 피아노와 안락의자 세 개가 전부다. 의자들은 배가 불룩한 따뜻한 사기 난로를 에워싸고 있다. 그들은 안락의자에 앉아, 바닥까지 닿는 긴 커튼 사이로 어두운 풍경을 바라본다. 하인이 작은 탁자 위에 커피, 시가와 화주를 내려놓는다. 난로 위 선반에는 굵은 초가 타오르는 은빛 촛대를 세운다. 두 사람은 시가에 불을 붙이고, 말없이 몸을 녹인다. 벽난로의 타오르는 장작이 고루 따스하게 온기를 발산한다. 그들의 머리 위에서 촛불이 춤을 춘다. 문이 닫히고, 그들만이 남는다.

13

"우리는 이제 살날이 얼마 남지 않았어."

장군이 무언의 논쟁에 종지부를 찍듯이 불쑥 말한다.

"일이 년. 아니 그 정도도 안 남았는지 모르지. 자네가 돌아온 것을 보니 살날이 얼마 남지 않았어. 자네도 잘 알고 있겠지. 열대에서, 또 런던의 집에서 충분히 생각할 시간이 있었을 게야. 사십일 년은 긴 시간일세. 자네도 깊이 생각했을 게야, 그렇지 않나? 그리고 돌아왔어, 달리 어쩔 도리가 없었기 때문이지. 그리고 나는 자네를 기다렸네, 나도 달리 어쩔 도리가 없었기 때문일세. 우리 두 사람은 언젠가 한 번 만나게 되고, 그러면 끝이라는 것을 알고 있었어. 우리 존재의 내용을 이루고 긴장을 유지시켜주었던 모든 것과 삶의 끝 말일세. 자네와 나 사이에 도사리고 있는

132

비밀에는 특별한 힘이 있기 때문이지. 그것은 파괴적인 광선처럼 삶의 조직을 불태우지만, 동시에 삶에 활력과 정열을 주지. 그것은 목숨을 부지하도록 강요하네…… 지상에서 할 일이 남아 있는 한, 살아가게 마련일세. 자네가 열대와 바깥 세상에 있는 동안, 나 혼자 여기 숲에서 사십일 년 동안 체험한 것을 자네에게 들려줄 생각이네. 고독이라는 것도 참 묘하네. 그것도 정글처럼 이따금 위험과 놀람에 가득 차 있어. 나는 온갖 고독을 알고 있네. 삶의 질서를 아무리 엄격하게 좇아도 헤어날 길 없는 권태. 그 뒤를 잇는 갑작스러운 폭발. 고독도 정글처럼 불가사의하다네."

그는 고집스럽게 한 말을 되풀이한다.

"삶의 질서를 엄격하게 좇아 살아가지. 그런데 갑자기 어느 날, 자네가 말한 말레이 사람들처럼 살인광이 된다네. 집, 직위와 계급이 있고 아주 엄격한 생활 방식에 따라 살다가도, 어느 날 손에 무기를 들고 이런 모든 것에서 뛰쳐나가지. 아니 무기가 없을 수도 있어…… 없는 편이 더 위험하지. 응고된 시선으로 세계를 향해 뛰쳐나가네. 그러면 동료와 옛 친구들은 슬슬 자리를 피해버리지. 대도시에 나가 돈 주고 여자들을 사네. 주변의 모든 것이 산산조각 나네. 싸움을 벌일 것이 없나 찾고, 그래서 싸움을 하지. 아까도 말했지만, 이보다 더한 경우도 있어. 달려가다가 비루병에 걸린 미친개처럼 실컷 두들겨 맞을 수도 있고, 삶을 가로막는 벽이나 장애물을 향해 돌진하다 뼈가 온통 바스러질 수도 있겠지. 오랜 동안 고독하게 지내다 보면 저절로 끓어 오르는 영혼의 이러한 폭발을 억누르는 경우가 더 나쁘다네. 어디론가 달려가지도 않고, 아무도 죽이지 않는다, 그러면 무엇을 하겠는가? 그는 목숨을 부지하면서 기다리고 질서를 지키네. 이교도적인 세속의 질서에 따라 수도승처럼 살지⋯⋯ 수도승이 차라리 낫네. 수도승에게는 믿음이 있지 않은가. 영혼과 운명을 고독에 맡긴 사람은 믿음조차 가질 수 없네. 그에게는 기다리는 도리밖에 없지. 자신을 고독으로 몰아넣은 모든 것에 대해 그러한 처지에 몰아넣은 사람과 한 번 더 이야기할 수 있는 날이나 시간을 기다릴 수밖에 없어. 그는 십 년, 아니 사십 년, 정확히 말하면 사십일 년 동안 결투를 준비하듯이 이 순간을 위해 준비하네. 그리고 결투에서 지는 경우를 대비하여 주변을 정리하지. 그는 직업 검객들처럼

매일 훈련을 한다네. 무엇으로 훈련하냐고? 회상으로
하지. 고독과 시간이 정신을 흐리게 하거나 심장과 영
혼을 무디게 하지 않도록 회상으로 훈련을 하네. 세상
에는 칼을 사용하지 않지만 완벽하게 준비할 만한 가
치가 있는 결투가 존재하기 때문일세. 그것이 가장 위
험한 결투지. 그러나 언제고 그런 순간이 오기 마련이
네. 자네는 어떻게 생각하나?"

그는 정중하게 묻는다.

"같은 생각일세."

손님은 말한다. 그리고는 타 들어가는 시가의 재를
응시한다.

"자네도 같은 생각이라니 기쁘구먼."

장군은 말한다.

"이 기다림이 목숨을 부지시켜주지. 물론 그것도
이 세상 다른 것들처럼 한계가 있지만 말일세. 자네가
언젠가 돌아오리라는 것을 몰랐더라면, 런던의 집이
나 열대, 아니 지옥 어디가 되었든 자네를 찾아 필경
내가 길을 떠났을 걸세. 기어이 자네를 찾아내고야 말
았을 걸세. 그쯤은 자네도 잘 알고 있을 게야. 정말로
결정적인 것은 그냥 알게 되지. 라디오나 전화 없이도

안다는 자네 말이 맞아. 이 집에는 전화가 없네. 아래 사무실의 관리인에게는 한 대 있지. 여기는 라디오도 없어. 내가 사는 방 안에 세상의 어리석고 지저분한 소음이 들어오는 것을 금지했기 때문이지. 이 세상은 이제 나하고는 관계가 없어. 새로운 세계 질서는 내가 태어나고 살아온 생활 방식을 폐지시킬 걸세. 선동적이고 공격적인 힘이 내 자유와 생명을 앗아갈 걸세. 그런 것은 아무래도 상관없네. 내가 실체를 인식하고, 내 삶에서 제외한 세계와 흥정하지 않는다는 것만이 중요하네. 하지만 나는 시대적인 도움 없이도 자네가 언젠가는 오리라는 것을 알고 있었어. 그래서 때가 오길 기다렸지. 모든 것에는 때가 있고 또 순서가 있기 때문일세. 지금 그 순간이 왔네."

"무슨 뜻인가?"

콘라드는 묻는다.

"나는 이곳을 떠났고, 그럴 권리가 있었네. 나름대로 이유도 있었어. 내가 사전에 말 한 마디, 작별 인사 없이 떠난 것은 사실일세. 그러나 나로서는 다른 도리가 없었고, 또 그것이 올바른 길이었다는 것을 자네도 느끼고 이해했으리라 믿네."

"자네로서는 다른 도리가 없었다고?"

장군은 물으면서 고개를 든다. 그는 찌르는 듯한 눈빛으로 물건을 보듯이 손님을 응시한다.

"바로 그 점이 문제일세. 나는 아주 오래 전부터 그 부분에 대해 골똘히 생각하고 있네. 내가 착각하지 않는다면 사십일 년 전부터 말일세."

상대방이 침묵을 지키자, 그는 계속한다.

"이렇게 나이가 들고 보니 어린 시절이 많이 생각나네. 누구나 그렇다고 다들 말하지. 끝에 이르면 처음이 보다 선명하게 떠오르기 마련일세. 얼굴들이 눈에 보이고 목소리가 들리네. 사관학교 운동장에서 자네를 우리 아버지에게 소개하던 순간이 떠오르네. 그때 아버지는 내 친구라는 이유 하나만으로 자네를 친구로 받아들이셨지. 아버지는 아무나 친구로 쉽게 받아들이는 분이 아니셨어. 그렇지만 한 번 말씀하신 것은 죽을 때까지 지키셨지. 자네도 이 순간을 기억하나? 우리는 교사로 올라가는 넓은 길의 밤나무 아래 서 있었지. 아버지는 자네에게 손을 내미셨어. '네가 우리 아들의 친구로구나.' 아버지는 말씀하셨네. '이 우정을 소중하게 여기거라.' 그리고는 진지하게 덧붙

137

이셨지. 아버지에게 이 말보다 더 중요한 것은 없었다고 나는 믿네. 내 말 듣고 있나?…… 고맙네. 그러니까 나는 그 이야기를 할 생각이네. 차례대로 이야기하려고 애써봄세. 마차가 기다리고 있으니 걱정하지 말게. 자네가 가고 싶으면 언제든지 시내로 데려다줄 걸세. 그러니 안심하게. 원하지 않으면 여기에서 잘 필요 없네. 자네에게 불편할 거라는 짐작은 가네. 하지만 자네가 원하면 이곳에서 묵을 수 있어."

그는 대수롭지 않게 덧붙인다. 그리고는 상대방이 거절의 몸짓을 하자 말한다.

"자네가 하고 싶은 대로 하게. 마차는 대기하고 있네. 자네를 시내로 태워다줄 걸세. 아침이면 런던의 집이든, 열대든 자네가 원하는 곳 어디로든지 떠날 수 있어. 그러나 그전에 내 말을 듣게."

"듣고 있네."

손님은 말한다.

"고맙네."

장군은 활기에 차서 말한다.

"우리 다른 이야기도 할 수 있을 걸세. 인생의 황혼을 맞은 늙은 친구들은 회상할 것이 많은 법일세. 하

지만 기왕 자네가 왔으니, 우리 진실에 대해 이야기해
봄세. 그러니까 우리 아버지가 자네를 친구로 받아들
였던 것으로 이야기를 시작했지. 그것이 아버지에게
무슨 뜻이었는지, 자네라면 잘 알고 있을 걸세. 아버
지가 한번 손을 내민 사람은 어떤 시련이 닥치고, 어
떤 어려움과 고통에 부딪히더라도 아버지를 믿을 수
있었다는 것을 자네는 잘 알고 있었어. 아버지는 사람
들에게 쉽게 손을 내밀지 않으셨어, 그 말은 맞네. 하
지만 일단 내밀면 조건이 없었지. 아버지는 이런 식으
로 사관학교 운동장 밤나무 아래서 자네에게 손을 내
미셨어. 그때 우리는 열두 살이었지. 어린 시절의 마
지막 순간이었어. 살면서 중요했던 다른 일들처럼,
밤에 그 장면이 아주 선명하게 떠오를 때가 간혹 있
네. 우리 아버지에게 '우정'이라는 말은 '명예'와 같
은 뜻이었어. 자네도 잘 알고 있었을 걸세, 자네도 우
리 아버지를 잘 알지 않았던가. 그리고 내게는 그 이
상의 것을 의미했다고 말하겠네. 내 이야기가 듣기 거
북하다면 용서하게."

그는 소리를 낮추어 온화하게 말한다.

"괜찮네."

콘라드도 소리를 낮추어 말한다.

"계속 하게."

"우정 같은 것이"

그는 자신과 토론하듯이 말한다.

"과연 존재하는지 안다면 좋을 걸세. 나는 인생의 어느 시점에서 특정한 사물에 대한 의견이 같거나 취향과 욕구가 비슷하기 때문에 만난 두 사람 사이의 일시적인 기쁨을 말하는 것이 아니네. 그런 것은 전부 우정이 아닐세. 우정은 세상에서 가장 강인한 결합이고, 그래서 그리 보기 드문 게 아닌가 하는 생각이 들 때가 간혹 있네. 그렇다면 그것의 원천은 무엇일까? 호감? 두 사람이 인생의 험난한 기로에 설 때마다 서로 지켜주는 것을 표현하기에는 너무 약한, 공허하고 진부한 말이 아닐까. 호감? 아니면 다른 무엇일까······ 모든 인간 관계 깊숙이에는 에로스의 불티가 존재하지 않을까. 여기 숲 속에 혼자 고독하게 남아 삶의 의미를 이해하려고 노력하면서, 나는 이런저런 생각을 많이 했네. 우정은 병적인 성향의 사람들이 성별이 같은 사람에게서 찾는 만족과는 다르네. 우정의 에로스에는 육체가 필요 없어. 육체는 흥분시키기보다는 오히려 방해가 되지. 하지만 에로스는 에로스일세. 모든 사랑, 모든 인간 관계에는 에로스가 숨쉬고 있어. 이보게, 나는 많은 것을 읽었네."

그는 변명하듯이 말한다.

"오늘날에는 그런 방면에 관해 다들 훨씬 더 자유롭게 쓴다네. 그러나 나는 플라톤도 다시 읽었어. 학교 다닐 때는 이해를 못했기 때문이지. 넓은 세상을 돌아다닌 자네는 시골의 고독 속에 파묻혀 있는 나보다 틀림없이 더 많이 알 게야. 모태에서 태어난 생명체들 사이에 존재하는 가장 고귀한 관계가 우정이라고 나는 생각했네. 동물들도 우정을 안다니, 흥미롭지 않은가. 동물들 사이에도 우정, 헌신, 도와주려는 마음이 있다네. 러시아의 어느 공작이 그렇게 썼지······ 그의 이름은 생각나지 않는구먼. 사자와 대뇌조*를 비롯한 여러 종류의 생물들도 궁지에 처한 동족을 구해준다네. 그래, 심지어 종류가 다른 동물인데도 도와주는 것을 나도 직접 보았어. 자네도 외국에서 그런 것을 본 적이 있나? 시대에 뒤떨어진 이곳에서와는 달

---

* 야생 닭의 일종. 울긋불긋한 색채를 자랑하는 아름다운 새.

리 그곳에서의 우정은 틀림없이 더 시대에 맞게 앞서 있을 게야. 생물들은 서로 조직적으로 도와주기도 하지. 이따금 그것을 방해하는 장애물에 대항해 힘든 투쟁을 벌인다네. 그러나 어떤 생명 공동체든 도움을 주는 강한 존재가 있기 마련이지. 나는 동물들 세계에서 수없이 많은 사례들을 보았네. 그런데 사람들 사이에서는 별로 못 보았어. 아니, 단 한번도 보지 못했다는 말이 더 맞네. 내가 본 사람들 사이의 호감은 결국 모두 허영과 이기심의 늪에 빠져 질식하고 말았지. 동료애와 동지애가 어쩌다 우정처럼 보일 때가 있어. 공동의 관심이 우정처럼 보이는 상황을 만들어내기도 하지. 또 사람들은 고독에서 벗어나기 위해 친밀함에 마음을 빼앗기기도 하네. 그러나 시간이 지나면, 한동안 일종의 우정으로 보였던 친밀함을 후회하게 되지. 이런 것들은 물론 전부 진실한 것이 아닐세. 그래서 우리 아버지가 하셨듯이, 우정을 일종의 직무처럼 생각하는 사람들도 있어. 사랑하는 사람처럼 친구도 자신의 감정에 대한 보답을 기대하지 않네. 어떤 응답도 원하지 않으며, 친구로 선택한 사람을 환상으로 보지 않고, 잘못을 알면서 잘못과 그 결과까지도 받아들이

142

지. 이것은 이념일 수도 있네. 그러나 그러한 이념이 없다면 산다는 것, 인간이라는 것이 대체 무슨 가치가 있겠나? 친구가 올바른 친구가 아니어서 친구 구실을 제대로 못한다면, 그의 성격이나 약점을 비난할 수 있는 것일까? 덕행이나 신의, 변함없음 때문에 상대방을 사랑한다면, 이런 우정이 무슨 가치가 있을까? 신의를 기대하는 사랑이라면, 그런 사랑이 무슨 가치가 있겠는가? 자신을 희생하는 신의 있는 친구와 똑같이 신의 없는 친구를 받아들이는 것이 우리의 의무가 아닐까? 상대방에게서 어떤 것도, 정말 어떤 것도 바라거나 기대하지 않는 사리사욕 없음, 많이 줄수록 기대하지 않는 것이야말로 모든 인간 관계의 진실한 내용이 아닐까? 청소년기의 신뢰와 장년기의 희생 정신을 몽땅 선물하고 결국 인간이 타인에게 줄 수 있는 최고의 것, 곧 맹목적이고 무조건적인 열렬한 신뢰를 바친다음, 상대방이 신의 없고 비열하다는 것을 알게 된다면, 들고일어나 복수를 꾀할 수 있는 것일까? 그리고 들고일어나 복수를 기도하는 경우, 기만당하고 버림받은 그는 과연 진실한 친구였을까? 이보게, 나는 혼자 남아 이런 문제들에 이론적으로 파고들었네. 물론

143

고독은 해답을 주지 못했어. 책들도 만족할 만한 답변을 주지 못했지. 옛 고서들, 중국, 유대인, 그리스 로마 사상가들의 명저들뿐 아니라, 진실보다는 있는 그대로 말하는 것을 문제삼아 솔직하게 이야기하는 최근의 책들도 마찬가지였네. 그런데 과연 진실을 말하거나 글로 쓴 사람이 언제 있었던가?…… 어느 날 이런 책들과 내 영혼을 연구하기 시작하고서부터, 나는 그 문제에 대해서도 깊이 생각했어. 세월이 흐르고, 내 주변의 삶이 황혼에 접어들었지. 책과 회상 들이 쌓이면서 농축되었네. 책마다 한 알의 진실이 들어 있었고, 그것에 대해 회상은 인간 관계의 진실한 본성은 아무리 애써도 알 수 없고, 또 그런 것을 인식하더라도 더 현명해지지 않는다고 대답했어. 그 때문에 우리는 타인에게 조건 없는 성실과 신의를 요구할 권리가 없는 것일세. 여러 가지 사건들로 보아 이 친구가 신의 없었다는 것이 확실해도 마찬가지이지."

"자네는"

손님이 묻는다.

"이 친구가 신의 없었다고 확신하나?"

두 사람의 침묵이 길게 이어진다. 가물가물 타오르

는 촛불의 어스름한 빛 속에서 그들은 아주 작아 보인다. 왜소해진 두 노인은 거의 보이지 않는 서로를 응시한다.

"아니, 그렇지 않네."

장군은 말한다.

"그래서 자네가 여기 있지 않은가. 우리 그 이야기를 해봄세."

그는 의자 깊숙이 몸을 기대고 절제된 침착한 동작으로 팔짱을 낀다. 그가 말한다.

"사실이 말하는 진실이 있기 때문일세. 이런저런 일이 일어났다. 그것은 이래저래 일어났다. 이러저러한 때에 일어났다. 그런 것을 알기는 어렵지 않아. 죽음 앞에서 사실은 고문대의 죄수보다 더 큰소리로 자백한다고 흔히 말들 하지 않는가. 사실들은 그렇게 말을 하네. 결국 모든 일이 일어났고 오해의 여지가 없다는 것이지. 그러나 사실들이 결과로 나타난 빈약한 현상에 지나지 않을 때가 있어. 사람은 행위가 아니라 행위 뒤에 숨어 있는 의도로 죄를 짓는 것일세. 의도에 모든 것이 들어 있지. 내가 연구한 법질서, 종교의 결정적인 영향을 받은 거대한 옛 법질서는 그것을 알고 있고 또 알려주네. 배신, 비열한 행동, 심지어는 최악의 살인을 저지르고도 죄가 없을 수 있어. 행위는 진실이 아닐세. 그것은 언제나 결과에 지나지 않아. 어느 날 재판관이 되어 판결을 선고한다면, 경찰 조서에 기록된 사실에 만족해서는 안 되네. 법조인들이 동기라고 부르는 것을 알아야 하지. 자네가 도주한 사실은 쉽게 수긍이 가네. 하지만 동기는 아닐세. 지난 사십일 년 동안 이 납득할 수 없는 행동을 이해하기 위해서, 나는 온갖 가능성을 헤아렸네. 정말일세. 그런데 아직까지도 해답을 얻지 못했어. 진실만이 대답할 수 있다네."

"자네는 도주라고 말하는데,"

콘라드가 말한다.

"그것은 좀 심한 표현일세. 어쨌든 나는 빚을 진 사람도 없었고, 직위도 절차를 밟아 포기했어. 지저분한 부채 같은 것도 남기지 않았고, 약속을 지키지 않은 사람도 없었지. 도주라니, 너무 심하네."

그는 근엄하게 말하고, 몸을 곧추세운다.

그러나 어렴풋이 묻어나는 분노가 솔직하지 않다는 것을 목소리의 떨림에서 느낄 수 있다.

146

"너무 심할지도 모르지."

장군은 고개를 끄덕인다.

"그러나 거리를 두고 사건을 찬찬히 뒤돌아보면, 더 온건한 표현을 발견하기가 쉽지 않다는 것을 자네도 시인할 걸세. 자네는 빚을 진 사람도 없었다고 말하는데, 그것은 사실이면서도 사실이 아니네. 물론 시내의 재단사나 고리 대금업자에게 빚을 지지는 않았지. 또 내게도 돈을 빚졌거나 약속을 어긴 것은 아닐세. 하지만 7월 그날, 이보게, 나는 아직도 그날을 기억하고 있네, 수요일이었지. 자네가 이 도시를 떠난 그날, 빚이 남았다는 것을 자네도 알고 있었어. 그날 저녁, 나는 자네 집에 갔네. 자네가 떠났다는 소식을 들었기 때문이지. 땅거미가 내려앉을 무렵, 특별한 상황 속에서 그 소식을 들었네. 자네가 원한다면, 그것에 대해서도 한번 이야기할 수 있을 걸세. 나는 자네 집으로 갔고, 당번 사병 혼자서 나를 맞았지. 자네가 이 도시에서의 복무 기간 중 마지막 몇 년을 살았던 방에 혼자 있게 해달라고 나는 사병에게 부탁했네."

그는 입을 다물고 몸을 뒤로 기댄다. 그리고 과거를 보듯이 손으로 두 눈을 가린다. 그러더니 침착하고 평온한 목소리로 이야기를 이어나간다.

"물론 사병은 내 명령에 따랐네. 그로서는 다른 도리가 없었겠지. 나는 자네가 살았던 방에 혼자 있었네. 그리고 모든 것을 주의 깊게 살펴보았지…… 이 분별없는 호기심을 용서하게. 그러나 눈앞의 현실이 도저히 믿기지 않았네. 내 삶의 큰 부분, 정확히 말하면 이십사 년, 청소년기와 장년기의 가장 아름다운 시절을 함께 보낸 사람이 도망쳤다는 사실을 믿을 수 없었어. 나는 합당한 이유를 찾으려고 노력했네. 중병에 걸렸을지 모른다는 생각도 해보았지. 아니면 자네가 정신이 돌았거나 뒤쫓는 사람이 있기를 바랐다네. 도박을 했든지, 군대나 국기에 대한 맹세를 어기고 명예를 더럽혔을 수도 있지 않은가. 나는 차라리 그러기를 바랐네. 그래, 놀라지 말게. 당시에는 그런 것들이 자네가 범한 것보다 더 가벼운 범죄처럼 보였네. 그랬다면 오히려 변명이나 해명으로 보였을 걸세. 이 세상의 이상들을 극악무도하게 짓밟았더라도 마찬가지였을 걸세. 단 한 가지, 자네가 하필이면 나한테 죄를 지었다는 것만은 이해할 수 없었어. 자네는 사기꾼이나 도둑처럼 도망쳤네. 오랜 세월 밤낮을 가리지 않고 수

많은 시간을 같이 보낸 성에서 불과 몇 시간 전만 해도 우리, 나하고 크리스티나와 함께 있던 자네가 도망을 쳤어. 자네와 나, 쌍둥이처럼 서로 신뢰하고 친밀하게 지내지 않았던가. 자연이 변덕을 부려 함께 살고 함께 죽도록 묶어놓은 이 특이한 존재들처럼 그렇게 지냈지. 자네도 알지 않는가. 그들은 성년이 된 다음 아무리 멀리 떨어져 있어도 서로에 대해 다 안다네. 한 사람은 런던에 살고 다른 하나는 저 멀리 타향에 떨어져 있어도, 기묘한 자연 법칙은 그들이 동시에 같은 질병에 걸릴 것을 명령하지. 서로 이야기를 나누지도 않고, 편지도 쓰지 않으며, 다른 생활 환경에서 다른 음식을 먹고, 수천 킬로미터 떨어져 있어도, 서른 살이 되었든, 마흔 살이 되었든 담석증이나 맹장염 같은 병에 동시에 걸린다네. 그들이 병에서 살아날 확률도 같다네. 두 사람의 신체 기관은 자궁 안에서처럼 서로 유기적으로 결합되어 있네. 그리고 그들은 동시에 같은 사람을 사랑하고 또 미워하지. 자연에는 그런 일이 존재하네. 물론 자주 있는 일은 아니지…… 그러나 보통 생각하듯이 아주 드문 것만은 아닐 걸세. 나는 우정이 쌍둥이들의 운명적인 결속 같은 그런 결합이 아닐까 이따금 생각했네. 성향이나 호감, 취향, 기질, 교육이 기이하게도 일치하면 두 사람은 한 운명으로 결합한다네. 한 사람이 다른 사람에게 해를 끼칠 수 있네. 그러나 두 사람은 공동의 운명을 짊어지지. 한 사람이 멀리 도망칠지도 모르네. 그러나 두 사람은 서로에게 일어나는 중요한 일에 관해서 다 알지. 한 사람이 새 친구나 애인을 사귈 수 있네. 하지만 그는 다른 사람의 비밀스러운 허락 없이는 공동의 운명에서 벗어날 수 없어. 이를테면 한 사람이 열대 같은 데로 멀리 도망치더라도, 그러한 사람들의 운명은 평행선을 달린다네. 자네가 도주한 날, 나는 자네 방에 서서 별 뜻 없이 그런 생각을 했어. 지금도 그 순간이 눈앞에 생생하네. 아직도 진한 영국 담배 냄새가 코끝을 스치고, 가구와 커다란 아라비아 양탄자 위의 침상, 벽의 승마 그림들이 보이네. 흡연실에서 자주 볼 수 있는 붉은 포도주빛 가죽 안락의자도 눈에 선하구면. 침상은 아주 널찍했지. 자네가 직접 주문 제작했다는 것을 알 수 있었어. 그런 것을 이 부근에서는 구할 수 없기 때문이지. 사실 그것은 침상이기보다는 이인용 프랑스 침대에 가까웠네."

그는 담배 연기를 눈으로 좇는다.

"내 기억이 맞다면, 창문이 정원 쪽으로 나 있었지…… 내가 자네 집에 발을 들여논 것은 그때가 처음이자 마지막이었어. 자네는 내가 찾아오는 것을 달가워하지 않았네. 시내 변두리 외딴 곳에 정원이 딸린 집을 한 채 세냈다는 말만 슬쩍 하고 말았지. 자네가 도주하기 삼 년 전의 일이었어. 이 말이 듣기 거북하다면, 미안하네."

"그냥 계속하게."

손님은 말한다.

"말은 중요하지 않네. 이왕 시작했으니 계속하게."

"그렇게 생각하나?"

장군은 솔직하게 관심을 보이며 묻는다.

"말은 중요하지 않은가? 나라면 감히 그런 말을 하지 않겠네. 입 밖에 내든 안 내든, 아니면 글로 쓰든, 말들이 아주 중요하게 생각될 때가 있지. 물론 오로지 그것만이 중요한 것은 아니지만…… 그래, 나는 그렇게 믿네."

그는 단호하게 말한다.

"자네는 나를 한번도 집에 초대한 적이 없었네. 초

151

대받지 않은 나는 자네를 방문할 수 없었지. 솔직히 말하면, 자네가 직접 가구를 들이고 꾸민 집을 돈 많은 내 앞에서 부끄러워한다고 생각했네. 자네가 집을 초라하게 느낄 거라고 여겼지…… 자네는 자존심이 몹시 강한 사람이었어."

그의 어투가 아주 단호하다.

"젊은 날 우리를 갈라놓았던 유일한 것은 돈이었어. 자네는 자존심이 강해서, 내가 부유한 것을 용서할 수 없었지. 훗날 나는 정말 부를 용서할 수 없는 것인가 생각해보았네. 자네 손이 미치지 못했던 부는 사실 좀 공평하지 못했어. 나는 태어나면서부터 부유했고, 그것을 용서받을 수 없다고 이따금 느꼈지. 자네는 우리 둘 사이의 금전적인 차이에 늘 곤혹스러울 정도로 신경을 썼어. 가난한 사람들, 특히 상류 계층의 가난한 사람들은 용서라는 것을 모르네."

그는 묘하게 흡족한 표정으로 말한다.

"그래서 자네가 나한테 집을 숨긴다고 생각했지. 간소한 가구들을 부끄러워한다고 어림짐작했네. 지금은 그것이 얼마나 어리석은 생각이었는지 잘 아네. 그러나 자네의 교만은 참으로 끝이 없었어. 나는 자네가 빌려서 꾸미고 내게는 결코 보여주지 않았던 집에 어느 날 갑자기 서 있네. 그리고는 눈을 의심하네. 자네도 알겠지, 그 집은 하나의 예술품이었네. 크지는 않았어. 일층의 넓은 방 하나와 위층의 작은 방 두 개가 전부였지. 그러나 가구, 방과 정원, 전부 예술가 아니면 그렇게 꾸밀 수 없었을 게야. 그 순간 나는 자네가 진실로 예술가라는 것을 깨달았네. 그리고 우리 다른 사람들 틈에서 자네가 얼마나 이방인이었는지도 깨달았지. 사랑과 공명심에서 군대에 보낸 것은 자네에게 큰 죄를 지은 거였네. 아니, 자네는 결코 군인이 아니었어. 자네가 우리와 함께 살면서 느낀 깊은 고독을 나는 뒤늦게 헤아릴 수 있었지. 그러나 세상을 등진 사람들을 위한 중세의 성이나 수도원처럼, 그 집은 자네의 은신처였네. 자네는 아름답고 고귀한 모든 것을 해적처럼 그곳에 모아두었지. 커튼과 양탄자, 해묵은 청동과 은, 크리스털과 가구, 희귀한 직물들……

내가 알기로 그 무렵 자네 어머니가 돌아가셨으며, 또 자네는 폴란드의 친척들에게서도 유산을 상속받았네. 러시아 국경 근처에 농장이 하나 있다고 자네가 지나가는 말로 이야기한 적이 있어. 그러니까 그 농장이 방 세 개와 가구, 그림 들로 바뀐 것이지. 아래층의 방 한가운데에는 그랜드 피아노가 있었네. 피아노는 자수가 수놓인 해묵은 비단으로 덮여 있었고, 크리스 털 꽃병이 놓여 있었어. 꽃병에 서양란 세 송이가 꽂혀 있었지. 그 서양란은 이 근방에서는 우리 온실에서만 구할 수 있는 것이었네. 나는 방을 돌아보며 하나하나 주의 깊게 살펴보았어. 그리고 자네가 우리와 함께 살았지만 우리의 일원이 아니었다는 것을 새삼 깨달았지. 세계의 눈에서 벗어나 자신과 예술만을 위해 살 생각으로, 오만하게 공을 들여 그 예술 작품, 그 남다른 집을 은밀히 창조했다는 것을 깨달았네. 자네는 예술가였기 때문일세. 자네는 아마 작품을 창조할 수도 있었을 걸세."

그는 반대를 용납하지 않는 어투로 말한다.

"주인이 떠나버린 빈집의 고상한 가구들 사이에서 나는 이 모든 것을 깨달았네. 그 순간 크리스티나가 들어왔네."

그는 팔짱을 끼고, 경찰관에게 사고 경위를 구술하는 사람처럼 냉정하고 침착하게 말한다.

"나는 피아노 앞에서 서양란을 유심히 바라보았네."

그는 말한다.

"집은 일종의 위장이었네. 아니면 자네에게는 군복이 위장이었을까? 자네만이 대답할 수 있겠지. 다 지나간 지금, 자네는 사실 삶으로 대답했네. 중요한 문제들은 결국 언제나 전 생애로 대답한다네. 그동안에 무슨 말을 하고, 어떤 원칙이나 말을 내세워 변명하고, 이런 것들이 과연 중요할까? 결국 모든 것의 끝에 가면, 세상이 끈질기게 던지는 질문에 전 생애로 대답하는 법이네. 너는 누구냐? 너는 진정 무엇을 원했느냐? 너는 진정 무엇을 할 수 있었느냐? 너는 어디에서 신의를 지켰고, 어디에서 신의를 지키지 않았느냐? 너는 어디에서 용감했고, 어디에서 비겁했느냐? 세상은 이런 질문들을 던지지. 그리고 할 수 있는 한, 누구나 대답을 한다네. 솔직하고 안 하고는 그리 중요하지 않아. 중요한 것은 결국 전 생애로 대답한다는 것일세. 자네는 군복이 위장으로 생각되었기 때문에 군복을 벗었지. 그것은 분명하네. 반대로 나는 직무와 세상이 요구하는 한 군복을 입었어. 나도 역시 대답했지. 그것은 내가 던진 여러 가지 질문 가운데 하나였네. 다른 질문은 자네가 과연 내게 어떤 존재였는

155

가 하는 것이었지. 자네는 내 친구였나? 결국 자네는 도망쳤네. 작별 인사도 없이. 아주 없었던 것은 아니지. 하루 전날 사냥에서 사건이 있었기 때문일세. 나는 그 사건의 의미를 나중에서야 깨달았네. 그것이 바로 작별 인사였지. 인간 관계에서 되돌릴 수 없는 결정적인 변화를 예고하는 말이나 행위를 알아내기는 쉽지 않네. 나는 그날 무엇 때문에 자네 집에 갔던가? 자네는 나를 부르지도 않았고, 작별 인사도 하지 않았으며, 쪽지를 남기지도 않았네. 자네가 우리 곁을 떠난 바로 그날, 나는 한번도 초대받은 적이 없는 그곳에서 무엇을 찾고 있었을까? 서둘러 마차를 타고 시내로 가서 이미 비어 있는 자네 집을 찾아보라고 부추긴 기별이라도 받았던가? 전날 사냥에서 무슨 낌새를 눈치챘을까? 혹시 사냥에서 잃어버린 것이 있었던가? 자네가 도주를 준비한다는 은밀한 소식이나 암시, 보고라도 받았던가? 아닐세, 모두들 침묵을 지켰네. 니니마저도 입을 다물었지. 자네 이 늙은 유모를 기억하나? 그녀는 우리에 관해 모르는 것이 없었지. 그녀가 아직 살아 있냐고? 그래, 아직 살아 있다네. 그녀 방식으로. 그녀는 우리 증조할아버지가 창문 앞에 심은 나

156

무처럼 살아 있어. 그녀도 모든 생물체처럼 그녀의 수명, 채워야 하는 수명이 있네. 그녀는 사실을 알고 있었지. 하지만 아무 말도 하지 않았어. 그 무렵 나는 철저하게 혼자였네. 그렇지만 때가 되어 모든 것이 드러나고, 자네와 나를 비롯한 모든 사람이 제자리를 찾는 순간이 왔다는 것을 알고 있었지. 그래, 나는 사냥에서 그것을 알게 되었네."

그는 회상에 잠겨 말한다. 마치 여러 번 던진 질문에 스스로 답변하는 것 같다. 그리고는 침묵한다.

"사냥에서 무엇을 알았나?"

콘라드가 묻는다.

"참 근사한 사냥이었지."

즐거운 추억을 되새기는 듯, 장군은 온화한 목소리로 말한다.

"이곳 숲에서 벌어졌던 마지막 큰 사냥이었어. 그때만 해도 사냥꾼, 진짜 사냥꾼들이 있었지…… 지금도 어딘가에 있을지 모르지. 나한테는 그것이 우리 숲에서 한 마지막 사냥이 되었네. 그 이후로는 심심풀이 사냥꾼들, 관리인이 대접하는 손님들만 가끔 어슬렁거리며 총을 쏠 뿐이라네. 진짜 사냥, 그것은 달랐어.

157

자네가 이해하기는 어려울 걸세, 자네는 결코 사냥꾼이 아니기 때문이지. 자네에게는 사냥도 승마나 사교생활처럼 직업과 신분에 따르는 의무에 지나지 않았어. 자네도 사냥을 하긴 했지만, 사회적인 형식상 어쩔 수 없이 따라 했을 뿐이네. 사냥하는 자네의 표정에는 경멸의 빛이 어려 있었지. 그리고 산책할 때 지팡이처럼 총을 아무렇게나 들쳐 메었어. 사회적인 역할과 의복, 교양에 가려 보이지 않지만, 깊은 땅속의 꺼질 줄 모르는 불꽃처럼 마음 깊숙한 내밀한 곳에서 영원히 타오르는 남성들만의 아주 은밀한 충동, 이 특이한 정열을 자네는 모르네. 이 정열은 죽이고 싶은 욕망이라네. 우리는 인간이고, 죽이는 것은 우리에게 부여된 과제 중의 하나일세. 그럴 수밖에 없다네……무엇인가를 보호하기 위해서 죽이고, 유지하기 위해서 죽이고, 또 복수하기 위해서 죽이지. 자네 미소짓나? 경멸의 미소인가? 자네는 예술가였지. 이 원시적인 저급한 본능이 자네의 영혼 속에서는 순화되었을까? 자네는 살아 있는 것을 죽인 적이 없다고 생각하겠지. 그리 확신하지 말게."

그는 근엄하고 냉정하게 말한다.

"오늘 저녁에는 본질과 진실 이외의 것은 말할 가치가 없네. 이 저녁은 두 번 다시 되풀이되지 않고, 오늘 저녁이 지나면 그리 많은 낮과 밤이 있지도 않을 것이기 때문일세…… 나는 특별한 의미가 있는 날은 이제 없을 거라고 생각하네. 내가 오래 전에 동양에 갔던 일을 자네도 기억할 걸세. 크리스티나와의 신혼 여행 길이었지. 우리는 아라비아의 여러 나라를 돌아다녔어. 바그다드에서 어느 아라비아 사람 집에 손님으로 묵었네. 아주 고매한 사람들이었어. 세계를 여행한 자네는 틀림없이 그런 사람들에 대해 잘 알겠지. 그들의 오만, 자긍심, 몸가짐, 정열과 여유, 단련된 신체와 자신감에 넘친 동작, 눈의 움직임과 빛남. 이 모든 것에서 옛날의 계급 의식, 인간이 창조의 혼돈에서 처음으로 고등 존재로 깨어난 시대의 다른 계급 의식이 엿보였네. 종족이나 민족, 문화가 생겨나기 이전 태초에 아라비아 반도 깊숙한 곳에서 인류가 발생했다는 이론이 있다네. 그래서 그들이 그렇게 오만한 것이 아닐까. 나는 잘 모르겠네. 그런 방면에는 아는 게 없어…… 그러나 자긍심에 대해서는 좀 알지. 외면적인 표지 없이도 상대방이 같은 혈육, 같은 신분이라는 것을 감지할 수 있듯이, 나는 동양에 머무른 몇 주일 동안 그곳 사람들이 매우 고매하다는 것을 느꼈네. 아주 지저분한 낙타 몰이꾼들까지도 예외가 아니었어. 이미 말했듯이, 우리는 토착민의 대궐 같은 집에 묵었네. 우리 대사가 추천한 덕분에 그 집의 손님으로 지낼 수 있었지. 서늘한 기운 감도는 흰색 집들······ 자네 그 집들을 알고 있나? 가족과 일족의 삶이 이루어지는 넓은 마당, 시장, 의회의 역할을 하는 사원 앞 광장······ 모든 몸놀림에서 엿보이는 유희적인 것에의 집착과 여유. 양지 바른 곳, 꿈쩍없는 바위 뒤에 뱀이 도사리고 있듯이, 삶에 대한 기쁨과 정열 뒤에 숨어 있는 품위 있고 끈질긴 무위無爲. 어느 날 저녁, 집주인은 우리를 위하여 아라비아 손님들을 초대했네. 그때까지 우리는 대체로 유럽식 대접을 받았지. 집주인은 판사이면서 밀수업을 했는데, 그 도시에서 아주 유복한 사람 중의 하나였어. 손님방에는 영국 가구들이 즐비했고, 욕조는 순전히 은으로 만든 거였네. 그날 저녁 우리는 좀처럼 보기 어려운 체험을 했네. 손님들은 해가 진 다음 도착했는데, 모두 남자들, 하인을 거느린 신사들뿐이었어. 마당 한가운데에서는 이

160

미 불이 타오르고 있었네. 낙타 똥에서 나오는 매운 연기가 눈을 찌르는 것 같았어. 모두들 말없이 불 주변에 빙 둘러앉았네. 여자는 크리스티나 하나뿐이었어. 그러자 하얀 양을 데려오더구먼. 집주인이 칼을 들어, 결코 잊을 수 없는 몸짓으로 양을 찔렀네……우리는 결코 그러한 몸짓을 배울 수 없을 게야. 죽이는 것이 중대한 대사, 곧 제물을 뜻하여 종교적인 상징적 의미를 지녔던 시대에서 유래하는 중동인들 특유의 몸짓이었네. 이삭을 제물로 바치는 아브라함이 그렇게 칼을 들었고, 사원의 제단, 우상과 신들의 초상 앞에서도 그런 몸짓으로 제물을 죽였지. 또 세례자 요한의 목도 그런 몸짓으로 참수되었네…… 태곳적의 몸짓. 중동에서는 누구나 그런 몸짓을 타고나네. 인간과 동물의 중간 단계에서 벗어난 인류가 이런 몸짓을 하면서 인간이 되기 시작하지 않았을까. 현재 널리 유행하는 학설에 따르면, 엄지손가락을 구부려 무기나 공구를 움켜쥐면서 인간이 되기 시작했다고 하네. 그러나 그것은 엄지손가락이 아니라 영혼과 관계 있을 게야, 그렇지 않을까. 나는 잘 모르겠네…… 아라비아 집주인이 양을 칼로 찔렀네. 입고 있던 하얀

161

의상에는 피 한 방울 튀지 않았고. 그 나이 지긋한 남자는 제물을 바치는 중동의 대사제 같았어. 그의 눈이 빛나면서, 한순간 젊어 보였지. 주변에는 죽음 같은 정적이 감돌았네. 불 주변에 앉아 있는 사람들은 죽이는 동작, 칼의 번쩍임, 양의 꿈틀거림, 솟구치는 피를 주시했지. 모두들 눈이 빛났어. 그때 나는 그 사람들에게 죽임이라는 행위가 전혀 낯설지 않다는 것을 깨달았네. 그들에게는 피가 친숙한 물질이고, 칼의 번쩍임 역시 여인의 미소나 빗방울처럼 자연스러운 것일세. 우리는, 나는 크리스티나도 이해했다고 믿네. 그 순간에 그녀는 보통 때와 달랐기 때문일세. 그녀의 얼굴이 붉어졌다가 창백해지면서 숨소리가 거칠어졌네. 그리고 외설적인 광경을 목격한 듯 고개를 돌렸지. 동양에서는 죽임의 성스러운 상징, 그 비밀스러운 감각적인 의미를 알고 있다고 우리는 이해했네. 거무스름한 고귀한 얼굴들이 하나같이 미소짓고 있었기 때문일세. 그들은 입술을 오므린 채, 죽임이 포옹처럼 강렬하고 기분 좋은 일인 양 황홀한 미소를 지으며 앞을 주시했네. 헝가리 말에서 죽임과 포옹이 조화를 이루어 마치 서로의 의미를 고조시키는 것 같은데

신기하지 않은가 ölés와 ölelés…… 하긴 우리는 물론 서양 사람이지."

그의 목소리가 달라진다. 마치 흥정하는 것 같은 어조다.

"서양 사람 아니면 적어도 이곳에 정착한 이주민이지. 우리에게 죽임은 법률적이고 도덕적인 문제 아니면 의학적인 문제일세. 어쨌든 용인되거나 금지된 일, 법과 도덕 체계에 정확하게 규정된 현상이지. 우리도 죽이기는 하지만, 우리네 방식은 훨씬 더 복잡하네. 우리는 법률이 규정하고 승인하는 대로 죽인다네. 고귀한 원칙과 중요한 인간적인 가치를 수호하기 위해서 죽이고, 인간 공동 생활의 질서를 유지하기 위해서 죽이지. 달리 어쩔 도리가 없네. 우리는 죄의식을 가진 기독교인이며, 서양 교육의 산물이라네. 우리의 역사는 오늘날까지 대량 살해로 얼룩져 있어. 그러나 우리는 죽임에 관해 이야기할 때면, 시선을 내리깔고 경건한 척 분노한 어조로 말하네. 달리 어쩔 도리가 없어. 우리가 맡은 역할이 그렇게 하라고 요구하지. 그런데 사냥 말일세."

그는 돌연히 즐거운 듯 말한다.

"사냥에서도 우리는 기사도적인 실제 규칙을 준수하네. 특정 지역에서 상황에 따라 필요한 경우 들짐승을 보호하지. 그러나 사냥은 여전히 제물, 태고 시대 종교적인 행위의 잔재일세. 물론 왜곡되기는 했지만 지금도 제식의 일부라는 것을 알 수 있지. 사냥꾼이 단순히 노획물을 위해서 죽인다는 말은 맞지 않기 때문일세. 그런 일은 절대로 없네. 사냥이 몇 안 되는 식량 조달 가능성의 하나였던 원시 시대에도 그렇지 않았을 걸세. 사냥을 둘러싸고 언제나 종족 전체가 참여하는 제식이 있었네. 훌륭한 사냥꾼은 항상 종족의 일인자였고, 때로는 사제이기도 했지. 시간이 흐르면서 물론 그것은 퇴색했어. 그러나 그러한 제식들은 퇴색한 형태로 여전히 존재하고 있다네. 내 평생 사냥 나선 새벽보다 더 좋아한 것은 없었을 걸세. 어둠이 가시기 전에 자리에서 일어나 평상시와는 다른 옷을 입네. 목적에 맞게 옷을 잘 선택해서 입고, 전등불 아래에서 보통 때와는 다른 아침 식사를 하지. 화주로 심장을 강하게 하고, 안주로 차가운 고기를 씹는다네. 나는 사냥 옷의 냄새를 사랑했지. 가죽에는 숲과 나뭇잎, 대기와 튀긴 피 냄새가 배어 있어. 허리띠에 잡아

맨 죽은 새에서 흘러나온 피가 재킷을 더럽히기 때문이지. 그런데 피가 과연 더러운 것일까?…… 나는 그렇게 생각하지 않네. 그것은 세상에서 가장 고귀한 물질일세. 어느 시대를 막론하고 표현하기 어려운 숭고한 것을 신에게 말하려고 한 사람은 피를 제물로 바쳤네. 그리고 기름때 묻은 총의 금속 냄새, 부패한 듯한 자연 그대로의 가죽 냄새, 나는 그 모든 것을 사랑했어."

그는 상노인 같은 어투로 말하고, 약점을 시인한양 부끄러워한다.

"그리고는 집을 나서지. 사냥 친구들이 벌써 기다리고 있고, 태양은 떠오르기 전이네. 손으로 개들을 다잡은 사냥꾼이 밤 사이 일어난 일들에 대해 소리 죽여 보고를 한다네. 이제 다들 마차에 올라타고 출발을 하지. 주변이 잠에서 깨어나기 시작하네. 숲이 기지개를 켜고, 졸리운 듯 눈을 비비지. 태초에 생명과 사물이 생겨난 다른 고향에서처럼 어디에서나 청결한 냄새가 나네. 마차가 숲 가장자리에 이르고, 자네는 마차에서 내리지. 개와 사냥꾼이 소리 없이 자네 옆을 따라오네. 장화가 밟고 지나가는 축축한 나뭇잎에서

는 아무 소리도 나지 않네. 숲 속의 공터는 흔적으로
가득 차 있지. 이제 주위의 모든 것이 깨어나고, 빛이
숲을 덮은 이불을 들어 올리네. 마치 세계라는 수수께
끼 같은 극장에서 무대 장치를 움직이는 비밀 기계 장
치가 작동하기 시작하는 듯하지. 새들이 노래하기 시
작하고, 노루 한 마리가 삼백 보 떨어진 앞에서 숲을
가로질러 가네. 자네는 키 작은 수풀 속으로 몸을 숨
기고 주시하지. 자네 옆에는 개가 있네. 그러나 오늘
자네가 노리는 것은 노루가 아니네…… 그 짐승은 움
직이지 않고 서 있네. 그것은 자네를 보지도, 자네 냄
새를 맡지도 못하네. 바람이 자네 쪽으로 불기 때문이
지. 그러나 짐승은 운명이 가까이에 온 것을 알지. 그
것은 고개를 들어, 연약한 목을 돌리네. 그의 몸이 팽
팽히 펴지면서, 놀라 어찌할 줄 모르고 몇 초 동안 못
박힌 듯 서 있네. 운명 앞에서만 그렇게 놀랄 수 있을
게야. 운명이란 우연히 닥치는 불행이 아니라, 가늠
할 수 없고 이해하기 어려운 여러 가지 관계의 피할
수 없는 결과이기 때문이지. 자네는 조총을 가져오지
않아 후회하네. 수풀 속의 자네도 못 박힌 듯 서 있지.
사냥꾼인 자네 역시 그 순간에 사로잡혀 있네. 그리고

166

사람처럼 나이를 속일 수 없는 손의 떨림을 느끼고, 또 죽이려는 마음의 준비, 이 금지된 욕구, 온갖 정열 가운데 가장 강렬한 정열, 선악의 기준을 떠나 모든 생명에 내재한 은밀한 충동을 느끼네. 상대방보다 강하고 노련하게 우월한 고지를 지키고 어떤 실수도 하지 않으려는 충동 말일세. 덮칠 준비가 된 표범, 돌 틈 사이에서 몸을 빳빳이 세우는 뱀, 높은 창공에서 쏜살같이 밑으로 내려오는 매도 그것을 느끼고, 희생자를 주시하는 인간도 그것을 느끼네. 나를 죽일 생각으로 총을 조준했을 때, 자네도 인생에서 처음으로 그것을 느꼈을 걸세."

그는 벽난로 앞 그들 사이에 놓여 있는 작은 탁자 쪽으로 몸을 굽힌다. 그리고 작은 유리잔에 달콤한 리쾨르를 따라, 보랏빛의 시럽 같은 음료를 혀끝으로 맛본다. 만족한 듯 잔을 탁자 위에 내려놓는다.

14

"어둠이 채 가시지 않았지."

상대방이 아무런 대꾸도, 반박도 하지 않고, 손짓
이나 눈빛으로 자신에 대한 혐의를 들었다는 표시도
하지 않자 그는 말한다.

"밤과 낮, 지하 세계와 지상 세계가 서로 교대하는
순간이었어. 아마 또 다른 사물들도 서로 교대할 게
야. 심연과 천상, 인간과 세계의 밝음과 어둠이 마주
치고, 잠에 취한 사람이 고통스러운 꿈에서 깨어나
고, 환자들이 신음하기 시작하는 최후의 시각이네.
밤의 지옥이 종말을 향해가면서 고통을 견디기가 쉬
워질 거라고 느끼기 때문이지. 밤의 어두운 혼돈 속에
서 병적인 욕망과 은밀한 동경에 시달리고 움찔 흥분
했던 모든 것을 밝은 낮의 빛과 질서가 활짝 펼쳐놓는

168

다네. 사냥꾼과 짐승들은 이 순간을 사랑하네. 아주 어둡지도, 밝지도 않은 순간이지. 모든 유기적인 존재, 식물과 동물, 인간이 세계라는 커다란 침실에서 서서히 정신을 차리고 비밀과 사악한 생각들을 내뿜는 양, 숲에서 거친 야생적인 냄새가 나네. 잠에 취한 사람이 자신이 태어난 세계가 다시 생각나 한숨을 내쉬듯이, 이 순간 살며시 바람이 이네. 축축한 나뭇잎, 양치 식물, 썩어가는 나무토막, 곰팡이 핀 전나무 열매, 땅에 떨어진 침엽수와 활엽수가 만들어낸, 이슬 맺혀 반짝이는 부드러운 양탄자 냄새가 자네 코에 진동하지. 마치 사랑하는 연인들이 땀에 절어 포옹하고 있을 때 같아. 마법적인 순간이지. 옛 조상과 이교도들은 깊은 숲 속에서 경외심에 넘쳐 얼굴을 동쪽으로 돌리고 양팔 벌려 그 순간을 찬미했다네. 그들은 물질에 얽매여 있으면서도 마법에 걸린 듯이 빛, 인식과 오성을 끊임없이 기대했어. 이 시각이 되면 사슴은 샘물을 향해 길을 나서지. 밤이 완전히 물러가지 않은 순간이네. 아직 숲 속 여기저기에서 부스럭거리는 소리가 들리네. 야행성 동물들 삶의 특징이랄 수 있는 기민함, 대사냥이 계속되는 중이지. 살쾡이는 여전히 매복하고 있고, 곰은 노획물의 마지막 조각을 잡아 찢고, 발정한 사슴은 달밤의 정열적인 순간을 회상하네. 그것은 사랑의 투쟁이 벌어졌던 공터 한가운데 서서, 결투에서 상처입은 머리를 오만하게 치켜들고 핏발 선 진지한 눈빛으로 정열을 잊을 수 없는 듯이 주위를 둘러보네. 깊은 숲 속에서는 밤, 그리고 밤이라는 낱말이 의미하는 모든 것, 노획물, 사랑, 배회, 목적 없는 삶에의 기쁨, 살아남기 위한 투쟁이 아직 살아 있지. 숲의 수풀 속에서뿐 아니라 인간 심장의 어둠 속에서도 무슨 일인가 일어나는 순간이네. 인간의 심장도 늑대나 사슴의 사냥 본능 같은 야성적인 밤과 흥분을 알기 때문일세. 황야의 밤에 퓨마와 독수리, 자칼이 숨어 있듯이, 꿈, 동경, 허영심, 이기심, 사랑의 광기, 질투와 복수심이 인간의 밤에 매복하고 있네. 그 순간은 인간의 심장이 낮도 밤도 아니네. 영혼의 은밀한 구석에서 야수들이 기어 나오고, 몇 년, 아니 몇십 년 동안 길들이고 제어했다고 생각한 것이 심장 안에서 활기를 되찾아 우리의 손을 움직이는 순간이지…… 모두 헛일이었다네. 이러한 움직임의 진실한 의미를 스스로에게 부정해보았자 부질없는 짓이

170

네. 그것은 우리의 의도보다 강해서 억누를 수 없네. 꿈쩍도 안 하지. 어떤 인간 관계든 밑바탕에는 그 관계를 만들어낸 뚜렷한 동기가 자리하고 있네. 그것은 아무리 오랫동안 생각하고, 온갖 말을 해도 변하지 않아. 사실은 자네가 숭고한 관계의 열정, 그래, 사랑에 버금가는 뜨거운 열정으로 이십사 년 동안 나를 증오했다는 것일세. 자네는 나를 증오했어. 감정, 정열이 인간의 영혼을 가득 채우면, 타오르는 장작 더미 아래에서 호의와 나란히 복수심도 빨갛게 달아올라 연기를 낸다네…… 정열은 이성으로 이루어진 게 아니기 때문이지. 정열은 상대방에게서 무엇을 받든 상관 없이, 자신을 표출하려고 하네. 다정함과 정중함, 우정, 인내심을 대가로 받아도, 자신을 끝까지 실현시키려 들지. 모든 커다란 정열은 희망이 없네. 그렇지 않으면 그것은 정열이 아니라 현명하게 계산한 타협, 얼치기 이해타산과의 흥정이기 때문일세. 자네는 나를 증오했어. 그것은 사랑만큼이나 격렬하게 자네와 나를 결합시켰네. 자네가 왜 나를 증오했을까? 나에게는 이 감정에 대해 깊이 생각할 시간이 충분히 있었네. 자네는 나한테서 돈 한푼, 선물 한번 받지 않았지. 자

171

네는 이 우정에서 순수한 형제애가 생긴다는 것을 인정하려 들지 않았어. 내가 당시 그렇게 젊지 않았더라면, 그것이 아주 의심스러운 위험한 신호라는 것을 알았을 걸세. 일부를 받지 않는 사람은 모든 것, 전부를 원하는 법이지. 자네는 소년 시절, 이 세상 최고의 것만을 가르치고 존중하는 그 기묘한 곳에서 우리가 사귄 첫 순간부터 나를 증오했어. 자네에게 없는 무엇인가가 내게 있었기 때문에 나를 증오했지. 그것이 무엇이었을까? 어떤 능력이나 특성이었을까? 자네는 항상 남들보다 많이 알았으며, 본의 아니게 최고 우등생이었고, 부지런한 모범생이었네. 재능 있는 생도였지. 자네에게는 말 그대로 도구, 악기가 있었기 때문일세. 음악이라는 비밀이 있었지. 자네는 쇼팽의 친척이었으며, 항상 거만하게 뒤로 물러나 있었네. 그러나 자네 영혼의 밑바탕에는 갈등, 자네가 아닌 다른 사람이고 싶은 동경이 숨어 있었어. 인간에게 그것보다 더한 시련은 없네. 현재의 자기와는 달라지고 싶은 동경, 그것보다 더 고통스럽게 인간의 심장을 불태우는 동경은 없지. 자신이 가지고 있는 것과 세상에서 차지하는 것하고 타협할 때에만 삶을 견딜 수 있기 때

172

문일세. 현재 있는 그대로의 자신과 타협할 줄 알고, 또 이렇게 현명하게 굴어도 삶으로부터 어떤 칭송도 받지 못하는 것을 알아야 하네. 자신이 허영심 많고 이기적이거나 머리가 벗겨지고 똥배가 튀어나온 것을 알고 감수해도 가슴에 어떤 훈장도 달지 못한다는 것을 알아야 해. 그렇다네, 어떤 칭찬도, 보답도 받지 못하는 것을 알아야 한다네. 참고 견디는 수밖에 없어. 그것이 바로 비결일세. 자신의 성격과 본성을 받아들이는 도리밖에 없지. 제아무리 많은 경험을 하고 부족한 점이나 이기심, 탐욕을 인식해도 변할 수 없기 때문이야. 우리의 동경이 현세에서 이루어질 수 없는 것을 참아야 하지. 우리가 사랑하는 사람이 우리를 사랑하지 않거나 우리가 바라는 대로 사랑하지 않아도 참을 수밖에 없네. 배반과 신의 없음도 참아야 하고, 자기보다 인품이나 지성이 뛰어난 사람이 있어도 참아야 하지. 이 가운데 마지막 것이 가장 어려운 과제일세. 여기 숲 한가운데서 일흔다섯 해 동안 나는 그런 것들을 배웠네. 그런데 자네는 이 모든 것을 참을 수 없었지."

그는 나지막하지만 확고한 어조로 말한다. 그리고

는 입을 다문다. 그의 시선이 어둠을 응시한다.

"자네는 물론 어린 시절에는 그런 것들을 의식하지 못했어."

이윽고 그는 상대방을 변명하려는 듯이 말한다.

"그때는 모든 게 신비롭고 아름다웠지. 나이가 들면 세세한 일도 전부 크게 보이고 선명하게 떠오르네. 어린 우리는 친구였네. 그것은 커다란 선물이었고, 우리는 그것을 준 운명에게 감사했어. 그러나 차츰 나이가 들고 성격이 굳어지면서, 자네는 출신과 교육 덕택에 내게 있는 것이 자네에게는 결여된 사실을 알고 참을 수 없었네. 아니면 신이 준 것일지도 모르지…… 그것이 무엇이었을까? 어떤 재능이었을까? 그것은 다만 세상이 자네는 무관심하게, 때로는 적대적으로 바라보는데, 내게는 미소와 신뢰를 선물한다는 것뿐이었네. 자네는 내가 세상으로부터 받는 이러한 신뢰와 우정을 경멸했지만, 다른 한편으로는 참기 어려운 질투심을 느꼈지. 그래서 세상으로부터 호의와 존중을 받는 사람은 창녀적인 기질이 있다고 생각했어. 물론 말로 한 것은 아니지만 그런 감정을 품고 있었지. 누구에게서나 사랑받고, 누구나 너그럽고 관대하게 미

174

소를 짓는 사람들이 있어. 그런 사람들에게는 실제로 지나치다 싶은 애교, 창녀 같은 기질이 있네. 내가 이런 낱말들을 두려워하지 않는다는 것을 자네도 알 걸세."

그는 같이 두려워하지 말자고 상대방을 격려하듯이 미소짓는다.

"사람은 고독 속에서 모든 것을 배우게 되네. 그리고 두려운 게 없어지지. 신의 총아라는 천상의 표시가 이마에 빛나는 사람들은 사실 자신이 선택받은 사람이라고 느끼네. 세상을 대하는 태도에서 이미 우쭐한 자만심이 엿보이지. 그러나 자네가 나를 그리 보았다면, 착각일세. 시기심이 자네 눈을 흐리게 한 게야. 변명하려는 것이 아닐세. 나는 진실을 찾고 있고, 진실을 찾는 사람은 자기 자신에서부터 시작해야 하기 때문이지. 자네가 나와 내 주변에서 신의 은총과 선물로 느꼈던 것은 그저 남의 말을 잘 믿는 것에 지나지 않았네. 나는 남의 말을 잘 믿었지, 그날까지…… 그래, 도주한 자네 방에 서 있던 그날까지는 그랬네. 바로 남의 말을 잘 믿는 성격 때문에, 사람들이 내게 호의와 신뢰, 미소를 보여주었을 게야. 이제는 다 지나간

175

일일세. 내가 지금 말하는 것은 타인이나 죽은 사람에 대한 이야기처럼 아득한 일이지. 그래, 내 안에는 뭐랄까, 경쾌함, 편견 없음 같은 것이 있었네. 그것이 사람들의 경계심을 풀어지게 만들었지. 내 인생에는 세상이 나라는 존재와 내 욕구를 인내심 있게 받아준 시절이 있었어. 젊은 날의 십 년, 축복받은 시절이었지. 포도주와 화환, 여자로 찬미해야 하는 정복자처럼, 사람들이 앞을 다투어 달려왔어. 그리고 사실 사관학교에 다니고 연대에 복무하던 빈에서의 십 년 동안, 신들이 보이지 않는 신비로운 행운의 반지를 내 손가락에 끼워주었고, 심각한 일은 나한테 일어나지 않으며, 사랑과 신뢰에 둘러싸여 있다는 자신감이 나를 떠난 적이 없었네. 인생에서 그 이상의 것을 바랄 수는 없을 걸세."

그는 진지하게 말한다.

"그것보다 더한 은총은 없지. 하늘 높은 줄 모르고 오만 방자해져서, 모든 게 운명의 가호라는 사실을 겸손하게 받아들이지 않고, 은총을 소중히 여기는 동안만 그러한 상태가 지속된다는 것을 모르는 사람은 몰락하게 되어 있네. 세상은 마음 깊이 겸손하고 겸허한

176

사람만을 잠시 참아준다네…… 그래, 자네는 나를 증오했어."

그는 단호하게 말한다.

"청소년기가 서서히 지나가고 어린 시절의 마법이 사라졌을 때, 우리 관계는 차가워지기 시작했지. 남자들의 우정이 식는 것보다 더 슬프고 절망적인 감정의 변화는 없네. 시장에서의 흥정처럼, 남녀 사이에는 모든 것에 조건이 따라붙지. 그와는 반대로 남자들 사이에서 우정의 깊은 의미는 사리사욕 없이 상대방에게서 어떤 희생도, 애정도 기대하지 않는 것에 있네. 우리는 오로지 말없는 결맹의 합의가 지속되기만을 바라지. 아마 다 자네를 잘 모른 내 탓이었을지 모르겠네. 나는 자네가 사람들 앞에 나타나지 않는 것에 동의했지. 자네의 지성과 자네에게서 배어 나오는 씁쓰름한 특이한 오만을 존중했어. 자네도 세상처럼 나를 용서할 것이라고 믿으려 했네. 자네는 환대받지 못하는 곳에서, 경쾌하고 쾌활하게 사람들과 가까워지고 사랑받는 능력이 내 안에 있었기 때문이지. 나는 세상과 가까운 것에 대해 자네가 관대하길 바랐지. 자네도 그것에 기뻐할 거라고 생각했어. 우리의 우정은 옛 전설에 나오는 남자들의 우정과 같았네. 내가 삶의 양지 쪽을 걷는 동안, 자네는 의도적으로 음지에 남아 있었어. 그렇지 않나?"

"자네는 사냥 이야기를 했네."

손님은 대답을 회피한다.

"그렇지, 사냥 이야기를 했지."

장군은 말한다.

"하지만 다 관계있는 이야기일세. 누군가 다른 사람을 죽일 생각이라면, 말할 것도 없이 그전에 이미 많은 일이 있었네. 아무 일도 없는데 총을 장전하고 조준하지는 않아. 예를 들면 지금 내가 말한 것처럼, 자네가 나를 용서할 수 없었던 일이 있었네. 수련의 커다란 잎새, 빅토리아 레기아*의 몽환적인 잎새 요람에서 사는 두 어린이처럼, 어쩌다 한번 꽃을 피우는 그 신비스러운 식물을 오랜 동안 우리 온실에서 키웠던 것을 자네도 기억하나? 그 어린이들처럼 유년 시절 깊숙한 곳에서 움터 질기게 뒤엉킨 관계에 어느 날 금이 가는 일이 있었지. 신비스러운 유년 시절은 지나가

---

* 주로 남아메리카의 열대 지방에서 볼 수 있는 연꽃의 일종. 직경이 근 이 미터에 달하는 아주 커다란 잎새를 가지고 있으며, 꽃은 단 이틀 밤만 핀다.

178

고, 일상적인 말로 우정이라고 불리는 관계, 알 수 없는 미묘한 관계에 얽힌 두 사람이 남아 있네. 사냥 이야기를 하기 전에 그 부분도 짚고 넘어가야 하네. 실제로 죽이기 위해서 무기를 조준하는 순간 무조건 죄를 제일 많이 짓는 것은 아니기 때문일세. 이미 그전에 죄는 존재하네, 의도가 죄지. 그러한 관계가 어느 날 금이 갔다고 말한다면, 먼저 그것이 사실이었는지 알아야 하네. 그리고 사실이라면, 도대체 누가, 아니면 무엇이 그것에 금을 가게 했는지 알고 싶네. 우리는 정녕 달랐지만 서로 하나를 이루었기 때문일세. 나는 자네와 달랐지만, 우리는 서로를 보충했고, 서로 묶여 하나를 이루었어. 한평생 살면서 그런 것을 보기는 힘들다네. 처음부터 자네에게 부족했던 모든 것은 우리가 결합함으로써 세상이 나에게 호의적이었다는 것에 의해 보상되었지. 우리는 친구였네."

그의 목청이 높아진다.

"지금까지 그것을 알지 못했다면 이제 깨닫게. 하지만 처음에는 몰랐더라도 훗날 열대 아니라 세상 어느 곳에서였든지, 자네도 틀림없이 깨달았을 걸세. 우리는 친구였어. 그리고 이 말은 남자들만이 책임질 수 있는 의미로 채워져 있네. 자네는 이제 이 의미의 모든 것을 알아야 하네. 그러니까 우리는 학교 친구나 직장 동료, 고락을 함께한 동지가 아니라 친구였지. 우리는 친구였고, 세상에서 그것을 대신할 수 있는 것은 없네. 애타게 갈구하는 정열도, 사려 깊은 말없는 우정에서 느끼는 기쁨을 주지 못하네. 우리가 친구가 아니었다면, 자네는 그날 아침 숲에서 사냥 도중 나를 향해 총을 겨누지 않았을 걸세. 우리가 친구가 아니었다면, 다음날 나는 한번도 초대받지 못한 자네 집에 가지도 않았을 걸세. 자네는 그 집에 이해할 수 없는 사악한 비밀을 숨겨놓았고, 그 비밀은 우리의 우정을 병들게 했지. 내 친구가 아니었다면, 자네는 다음날 이 도시에서, 내 가까이의 범행 현장에서 살인자나 범죄자들처럼 달아나지도 않았을 걸세. 그대로 머물러 나를 속이고 배반하여 내 자만심과 자의식에 상처를 입혔겠지. 그러나 차라리 그 편이 자네가 저지른 죄보다 덜 끔찍했을 걸세. 자네가 내 친구였기 때문이지. 우리가 친구가 아니었다면, 자네는 사십일 년이 지난 지금 남몰래 범행 현장을 돌아보는 살인자나 범죄자처럼 다시 돌아오지도 않았을 걸세. 자네는 돌아올 수

180

밖에 없었네, 그렇지 않은가. 그리고 지금 나는 서서히 내 의식을 뚫고 들어왔지만 내 스스로 부정했던 것을 자네에게 이야기하려 하네. 두려움을 자아내는 이 놀라운 발견을 자네에게 전달할 수밖에 없네. 이보게, 지금도 우리는 여전히 친구일세. 외면적인 힘은 인간 관계를 조금도 변화시킬 수 없는 것 같네. 자네는 내 안에 있는 것을 죽였고 내 인생을 파괴했지만, 우리는 여전히 친구이네. 그리고 오늘 저녁 나는 자네 안에 있는 것을 죽일 것이네. 그런 다음 자네를 런던 아니면 열대나 지옥 어디론가 돌려보낼 걸세. 그래도 자네는 내 친구로 남아 있을 걸세. 사냥과 그 후에 일어난 일을 이야기하기 전에, 우리는 그것도 알아야 하네. 우정은 지고의 정감이기보다는 인간의 엄격한 법칙이기 때문일세. 옛날에는 그것보다 강한 법칙이 없었고, 찬란한 문화는 법질서의 토대를 그것에 두었지. 인간의 마음속에는 개인적인 흥분이나 이기심 저편에 우정의 법칙이 살고 있네. 그것은 절망적으로 갈구하면서 서로의 품안으로 뛰어드는 남녀의 정열보다 더 강하며, 실망이라는 것을 모르네. 상대방에게서 아무것도 원하지 않기 때문이지. 친구는 죽일 수 있지만, 어린 시절 두 사람 사이에 싹튼 우정은 죽음도 갈라놓을 수 없어. 우정에 대한 기억은 무언의 영웅적 행위처럼 인간의 의식 속에 계속 살아 있네. 그리고 칼이나 단검 부딪치는 소리 없이 말 그대로의 운명적인 암묵적 의미에서, 우정도 역시 영웅적 행위라네. 사리사욕 없는 모든 행위가 그렇듯이, 영웅적 행위지. 자네가 나를 죽이려고 총을 조준한 순간, 우리의 우정은 전에 없이 생생해졌네. 유년 시절과 청년 시절, 이십사 년 동안의 그 어느 때보다 생생해졌어. 그런 순간은 기억에 남기 마련이네. 훗날 삶의 의미와 내용을 이루기 때문이지. 나도 잘 기억하고 있네. 우리는 전나무 사이 수풀 속에 서 있었어. 그곳에서 공터가 시작하지. 공터는 좁은 숲길을 지나, 사람의 발길이 닿아본 적이 없이 태고의 모습 그대로인 울창한 잡목 숲으로 이어지네. 앞장서 가던 내가 발길을 멈추었어. 앞쪽 삼백 보 떨어진 곳에서 사슴 한 마리가 전나무 사이로 뛰어나왔기 때문이지. 태양이 촉수로 노획물, 세상을 더듬듯이 아주 가만가만히 날이 밝고 있었네. 사슴은 공터 끝에 서서 위험을 느끼고 수풀을 응시했어. 후각이나 시각보다 더 섬세하고 정확한 여섯번째 감각, 본능이 짐승의 신경 조직에서 깨어났네. 그것은 우리를 볼 수 없었어. 새벽바람도 우리 쪽을 향해 불었기 때문에, 사슴에게 위험을 경고할 수 없었지. 우리는 한참을 그렇게 조용히 서 있었고, 곧 추선 신경 때문에 벌써 기진맥진했네. 나는 공터 가장자리 나무 사이 앞쪽에 있었고, 자네는 내 뒤에 있었지. 사냥꾼과 개들은 멀리 처져 보이지 않았어. 우리 둘만이 숲 한복판에 고독하게 있었네. 밤과 여명, 숲과 동물들의 고독 속에 있었지. 그 속에 있으면 삶과 세상의 길을 잃었으며, 언젠가는 이 황량하고 위험한 고향으로 돌아가야 할 것 같은 느낌을 한순간 갖게 된다네. 단 하나 진실한 고향, 숲과 깊은 물, 생명의 근원지 말일세. 나는 깊은 숲 속에서 사냥을 할 때면 항상 그렇게 느꼈다네. 나는 사슴을 보고 움직이지 않았고, 그것을 본 자네도 열 걸음 뒤에서 발길을 멈추었지. 짐승도, 사냥꾼도 평상시보다 섬세한 감각으로 현실을 감지하는 순간이었네. 그러한 순간에는 주변이 어둡거나 돌아보지 않아도 상황을 파악하고 위험이 닥친 것을 알 수 있지. 어떤 파장이나 힘, 광선이 그러한 때에 결정적인 역할을 할까? 나는 잘 모르겠네…… 대기는 투명했고, 전나무들은 미풍에도 흔들리지 않았지. 사슴이 귀를 쫑긋했네. 그것은 마법에 걸린 듯 꼼짝하지 않았어. 위험에는 항상 마법, 마력이 깃들여 있기 때문일세. 운명이 직접 우리를 겨냥해서 우리의 이름을 부르면, 두려움과 불안의 저 밑바닥에서 일종의 끌어당기는 힘을 느끼네. 인간은 어떤 대가를 치르고라도 목숨을 부지하려고 하면서, 다른 한편으로는 무슨 일이 있더라도, 위험과 죽음을 무릅쓰고라도 운명을 접해보고 받아들이려 하기 때문일세. 그 순간에 사슴도 그것을 느꼈네, 나는 확신하네. 그리고 나 역시 그 순간 그것을 느꼈어, 그것도 확실하네. 몇 걸음 뒤에서 총의 안전 장치를 푸는 자네도 그것을 느꼈지. 자네는 앞쪽 사정 거리 안의 나와 사슴처럼 마법에 걸린 듯, 살며시 총의 안전 장치를 풀었어. 차가운 금속성 소리가 희미하게 귀를 울렸지. 최후의 결정적인 임무에 사용하는 성능이 우수한 금속만이 그러한 소리를 낸다네. 예를 들어 단도가 서로 맞부딪치거나 누군가를 죽이기 위해서 성능이 뛰어난 영국산 총의 안전 장치를 풀 때 그런 소리가 나지. 자네도 그 순간을 기억하겠지?"

"그렇네."

손님은 말한다.

"결정적인 순간이었어."

장군은 만족한 전문가처럼 말한다.

"그 희미한 금속성 소리는 물론 나만 들었네. 너무 희미해서 삼백 보 떨어진 곳의 사슴은 새벽의 적막 속에서도 들을 수 없었지. 그때 법정에서는 결코 증명하지 못할 일이 일어났네. 그렇지만 자네에게는 말할 수 있지. 자네도 어쨌든 진실을 알고 있기 때문일세. 무슨 일이 일어났냐고? 사실은 그 일 초 동안 내가 자네의 동작을 눈으로 본 것보다 더 분명하게 감지했다는 것뿐이네. 자네는 비스듬히 내 뒤쪽으로 조금 떨어진 곳에 서 있었지. 나는 자네가 총을 들어 어깨에 올리고 조준하는 것을 느꼈네. 그리고 자네가 한쪽 눈을 감고 총구가 서서히 돌아가는 것을 느꼈지. 내 머리와 사슴의 머리는 정확하게 일직선상에 있었네. 두 목표물 사이의 간격은 십 센티미터 정도 되었을 게야. 나는 자네 손이 떨리는 것을 느꼈네. 그리고 자네가 이 위치에서는 사슴을 겨눌 수 없다는 것도 정확히 알고 있었지. 사냥꾼만이 상황을 그렇게 정확히 판단할 수 있을 걸세. 내 말 잘 듣게, 그 상황에서 내 관심은 사냥보다는 인간적인 면에 있었네. 삼백 보 떨어진 곳에서 아무런 예감 없이 총성을 기다리는 사슴을 조준하려면 어떤 각도를 취해야 하는가 정도는 나도 알고 있었네. 그 정도는 사냥에 대해서 알고 있었지. 상황으로 보아 모든 것을 알 수 있었어. 사냥꾼과 목표물 사이의 거리와 각도는 몇 걸음 뒤에 있는 사람의 마음속에서 무슨 일이 일어나는지 알려주었네. 자네는 삼십 초 동안 겨냥하고 있었어. 그것도 나는 시계 없이, 그러나 일 초까지도 정확하게 알 수 있었네. 그런 순간에는 모든 것을 그냥 아는 법이네. 나는 자네가 훌륭한 사수가 아니며, 머리만 살짝 돌리면 총알이 귀 옆을 스쳐 지나가서 사슴을 맞출 거라는 것을 알고 있었어. 조금만 움직이면 총알이 그냥 지나갈 거라는 것을 알고 있었지. 그러나 그 순간에 내 운명이 나한테 달려 있지 않았기 때문에 움직일 수 없다는 것도 나는 알고 있었네. 때가 되었고, 정해진 섭리에 따라 무슨 일인가 일어나야 했어. 그래서 나는 그대로 서서 총알을 기다렸네. 자네가 방아쇠를 당기고 내 친구의 총알이 나를 죽이기를 기다렸지. 상황은 완벽했어. 증인

186

도 없었고, 사냥꾼과 개들은 아주 멀리 있었지. 해마다 신문을 오르락거리는 '비극적인 실수', 누구나 잘 알고 있는 상황이었어. 삼십 초가 지나갔고, 총알은 날아오지 않았네. 그 순간에 사슴이 위험을 알아채고, 폭발하듯이 단숨에 뛰어올라 수풀 속으로 사라졌어. 그때까지 우리는 꼼짝 안 했네. 그런 다음 자네가 무기를 내려뜨렸지, 아주 서서히. 그 동작도 내 눈에는 보이지도, 들리지도 않았네. 그러나 나는 자네와 마주하고 있는 것처럼 보고 들을 수 있었어. 자네는 절호의 순간이 지나가고 사슴이 수풀 속으로 사라진 다음, 공기에 스치기만 해도 자네의 속셈이 드러날까봐 아주 조심스럽게 총을 내려뜨렸네. 이보게, 이 부분이 아주 흥미 있네. 자네는 그때라도 나를 죽일 수 있었어. 증인도 없었고, 자네에게 유죄 판결을 내릴 법관도 없었지. 자네가 그렇게 했다면, 세상은 자네를 동정으로 감싸안았을 것일세. 우리는 카스토르와 폴루데우케스* 같은 전설적인 친구, 이십사 년 동안 생사 고락을 함께한 친우였기 때문이지. 우리는 이상

---

* 그리스 신화에 나오는 제우스의 쌍둥이 아들. 극히 절친한 사이를 가리킨다.

적인 우정을 몸으로 보여주었어. 자네가 나를 죽였더라면, 모두들 동정에 넘쳐 자네에게 손을 내밀고 자네와 함께 슬퍼했을 걸세. 신들이 부리는 운명의 장난에 의해 실수로 친구를 죽인 사람보다 더 비극적인 인물은 세상 사람들의 눈에 존재하지 않기 때문일세. 자네가 나를 의도적으로 죽였다는 믿을 수 없는 이야기를 감히 퍼뜨릴 주제넘은 사람이나 고소할 검사가 어디 있겠는가? 자네가 마음 깊숙이 나에게 살의를 품고 있다는 증거는 어디에도 없네. 전날 저녁, 우리는 가까운 사람들과 함께 식사를 했지. 자네가 몇십 년 전부터 거의 하루도 거르지 않고 드나드는 성에서 내 아내와 친지, 사냥 친구들과 함께 저녁을 먹었네. 다들 우리가 언제나처럼 함께 있는 모습을 보았지. 우리는 근무할 때와 사교 모임에서뿐 아니라 살면서 부딪치는 갖가지 상황에서 언제나 다정하고 사이좋게 보였네. 자네는 내게 돈을 빚지지도 않았고, 가족처럼 우리 집을 들락거렸어. 자네가 나를 죽일 거라고 누가 생각이나 했겠는가? 그럴 사람은 아무도 없었네. 도대체 왜 자네가 나를 죽이겠는가? 자네에게 내 집은 자네 집, 내 재산은 공동 재산, 내 부모는 양부모나 다름없었지. 그런데 친구 중의 친구인 자네가 필요하다면 인간적이고 물질적인 후원을 마다하지 않을 친구 중의 친구인 나를 죽이려 하다니, 그 무슨 말도 안 되는 비인간적인 억측이란 말인가? 아니, 비난을 제기한 사람이 있다면, 오히려 비난을 받았을 걸세. 그런 말을 입 밖에 낸 사람이 있다면, 세상이 그런 파렴치함을 벌했을 걸세. 사람들은 동정에 가득 차 자네에게 달려갔을 걸세. 자네가 끔찍한 비인간적인 일을 당했기 때문이지. 비극적인 우연이 다시없는 절친한 친우를 죽이는 데 자네 손을 이용하는 무서운 운명의 시련을 겪었기 때문일세…… 이런 상황이었네. 그렇지만 자네는 방아쇠를 당기지 않았어. 왜 그랬을까? 어찌된 영문이었을까? 인간의 본성은 특별한 행위를 하는 순간 언제나 객관적인 구실이 필요한데, 사슴이 위험을 감지하고 달아났기 때문이 아닐까? 자네가 생각해낸 것은 적절했네. 정확하고 완벽했지. 그러나 사슴이 필요했을지도 모르지. 상황은 불발로 끝났고, 자네는 무기를 내려뜨렸네. 촌음을 다투는 문제였어. 여기에서 누가 상황을 쪼개고 구분지어 판단할 수 있겠나? 그런 것은 중요하지도 않아. 자네가 나를 죽이려 했다는 사실,

그 사실만이 결정적이네. 물론 그것은 소송을 판가름 지을 수는 없네. 예상하지 못한 현상이 순간을 방해했을 때, 자네 손이 떨리기 시작했지. 자네는 나를 죽이지 못했네. 사슴은 그 사이에 나무 사이로 사라졌고, 우리는 움직이지 않았지. 나는 돌아보지 않았어. 한순간 우리는 그대로 서 있었네. 그 순간 자네 얼굴을 보았더라면 모든 것을 알 수 있었겠지. 그러나 나는 자네 얼굴을 감히 바라볼 수 없었네. 이 세상 그 어떤 것보다 괴로운 수치심, 자신을 살해하려는 사람의 눈을 보게 되었을 때 희생자가 느끼는 수치심이 있어. 그것은 피조물이 창조자 앞에서 느끼는 수치심 같은 것일세. 그래서 나는 자네 얼굴을 보지 않았지. 우리 두 사람을 묶어놓았던 마법의 힘이 느슨해졌을 때, 나는 공터를 가로질러 언덕 쪽으로 걷기 시작했네. 자네도 기계적으로 나를 따랐지. 도중에서 나는 돌아보지 않은 채 말했어. '자넨 때를 놓쳤어.' 자네는 아무 대답도 하지 않았지. 이 침묵은 바로 자백이었네. 그런 상황에서는 누구나 부끄러워하거나 신이 나서 이야기를 시작하기 때문이지. 농담으로 얼버무리거나 무색한 표정으로 변명을 늘어놓기 마련이네. 그런 순간

190

에 사냥꾼이라면 누구나 자신의 판단이 옳았으며 사슴이 별 가치가 없었다든지 거리가 너무 멀어 맞힐 확률이 적었다는 등을 증명하려 들지…… 그러나 자네는 침묵했어. '그래, 나는 자네를 죽일 수 있는 때를 놓쳤어'라고 마치 말하는 것 같았지. 우리는 말없이 언덕 위에 이르렀네. 그곳에는 벌써 사냥꾼이 개들을 데리고 와 있었지. 아래 골짜기에서 총성이 들려오고 사냥이 시작되었어. 우리는 헤어졌네. 점심을 먹는데, 사냥꾼들이 숲에서 먹는 음식이었지. 그 자리에서 자네가 시내로 돌아갔다고 어떤 몰이꾼이 이야기하더군."

장군은 시가에 불을 붙인다. 손이 전혀 떨리지 않는다. 그는 여유 있는 몸짓으로 시가 끝을 자른다. 장군은 콘라드 쪽으로 몸을 굽히고, 촛불로 담뱃불을 붙여준다.

"고맙네."

손님은 말한다.

"그러나 자네는 저녁 식사에 나타났어."

장군은 말한다.

"저녁마다 늘 그랬듯이, 일곱시 반에 사인승 마차

191

를 타고 왔지. 수많은 저녁에 그랬듯이, 크리스티나와 함께 우리는 저녁을 들었어. 조금 전처럼 커다란 식당에 저녁이 차려져 있었네. 오늘 저녁과 같은 식탁 장식이 놓여 있었고, 우리 사이에는 크리스티나가 앉아 있었어. 식탁 위에서 푸른색 초가 타고 있었지. 그녀는 촛불을 좋아했어. 그녀는 전통과 고매한 생활 방식, 지난 시대를 상기시키는 것이면 뭐든지 좋아했지. 사냥에서 돌아와 나는 옷을 갈아입으려고 곧장 내 방으로 갔네. 그래서 크리스티나를 오후 내내 보지 못했지. 그녀가 점심 식사 후 볼일이 있어 시내에 갔다고 하인이 말하더군. 식당에 들어서자, 크리스티나가 가벼운 인도산 목도리를 어깨에 두르고 벽난로 앞에 앉아 있었네. 안개 끼고 습기 찬 날씨였어. 벽난로에 불이 타오르고 있었지. 책을 읽고 있던 그녀는 내가 들어오는 소리를 듣지 못했어. 양탄자가 발소리를 삼켰든지, 아니면 그녀가 독서에 열중해 있었을 게야. 그녀는 영어 책을 읽고 있었네. 열대 여행기였지. 어쨌든 그녀 앞에 가서 섰을 때에야 나를 알아보았어. 그녀는 눈을 들었네. 자네 그녀 눈을 기억하나? 그녀는 날이 대낮같이 환해지는 듯 눈을 치켜뜨곤 했지.

내가 그녀의 창백함에 놀랐다면 촛불 때문이었을 걸세. '몸이 어디 안 좋아?' 나는 물었네. 그녀는 아무런 대답도 하지 않았어. 그냥 눈을 크게 뜨고 한동안 나를 바라볼 뿐이었지. 그날 아침 숲 속에서 꼼짝하지 않고 무슨 일인가 일어나길 기다렸던 그 몇 초만큼 길고 의미심장한 순간이었네. 자네가 무슨 말을 하거나 방아쇠를 당기길 기다렸던 그 순간 말일세. 내가 무슨 생각을 하고 있으며, 혹시 알고 있는 게 없는지 알아내는 데 목숨이라도 달려 있듯이, 그녀는 내 얼굴을 뚫어져라 바라보았어. 그 순간에는 그것이 목숨보다 더 중요한 것 같았지. 그리고 사실 항상 그것이 가장 중요하네. 우리가 희생자로 선택한 존재가 무슨 생각을 하는지 아는 게, 전리품, 결과보다 언제나 더 중요하지…… 그녀는 심문하듯이 내 눈을 들여다보았네. 나는 그 시선을 이겨냈다고 생각하네. 이 몇 초뿐 아니라 그 후에도, 나는 평정을 잃지 않았어. 그녀는 내 얼굴에서 아무것도 알아낼 수 없었네. 그리고 사실 그날 아침과 오후, 나 자신 사냥의 대상이 되었던 그 기묘한 사냥에서, 나는 무슨 일이 있더라도 새벽의 사건에 대해 침묵을 지키려고 결심했네. 가장 신뢰하는 두 사람, 크리스티나와 유모에게도 새벽에 숲에서 있었던 일에 대해 말하지 않겠다고 다짐했지. 그리고 남몰래 의사에게 자네를 지켜보도록 할 생각이었어. 나는 광기가 자네 영혼을 지배하고 있다고 여겼네. 그것 말고는 그 사건을 설명할 다른 방법이 없었지. 나는 내 일부나 다름없는 사람이 광기에 사로잡혔다는 말을 그날 하루 종일 쉬지 않고 집요하게, 거의 절망적으로 읊조렸네. 자네가 방에 들어왔을 때, 나는 그런 눈으로 자네를 맞이했지. 그리고 인간의 품위, 일반적인 의미에서든 특별한 의미에서든 인간의 품위를 지키려고 노력했네. 자네가 제정신이고, 어떤 이유에서든 나를 향해 총을 들었다면, 이 집에 사는 우리 모두, 크리스티나도 나도 인간으로서의 품위를 잃었기 때문이지. 사냥에서 돌아온 나와 마주쳤을 때, 그녀는 마치 그날 아침 이후 우리만이 알고 있는 비밀을 예감한 것 같았네. 크리스티나의 당황하고 놀란 시선도 나는 그렇게 해석했네. 여자들은 그런 것을 육감으로 안다고 생각했지. 그런 다음 외출복을 차려입은 자네가 왔고, 우리는 함께 식사를 했어. 여느 때처럼 이런저런 대화를 나누고, 사냥에 대해서도 이야기를 했지. 쏘

아서는 안 되는 양을 쏜 어느 손님의 실수나 몰이꾼들의 보고 같은 것이 화제로 올랐네. 그러나 자네는 그 의문의 몇 초에 대해서는 저녁 내내 한마디도 하지 않네. 자네 자신의 사냥 모험, 아깝게 놓친 근사한 사슴은 전혀 언급을 하지 않았지. 타고난 사냥꾼이 아닐지라도 보통 그런 것에 대해서는 다들 이야기를 하는 법이네. 자네는 사슴을 놓치고 예정보다 일찍 사냥터를 떠났으며, 말 한마디 없이 시내로 돌아갔다가 저녁이 되어서야 다시 나타난 것에 대해서 전혀 말을 안 하네. 그 모든 것이 예사롭지 않고 예의에 어긋나는데도 말일세. 단 한마디라도 그날 오전에 대해 언급할 수 있었을 걸세…… 그러나 우리가 사냥에 같이 가지 않은 것처럼 자네는 한마디도 안 하네. 그리고 계속 다른 이야기만 하지. 자네는 살롱에 들어왔을 때, 크리스티나가 무엇을 읽고 있었냐고 묻네. 그것은 열대에 관한 책이었어. 자네들 두 사람은 이 책에 관해 한참 이야기를 주고받네. 자네는 책의 제목을 묻고, 크리스티나가 책에서 어떤 감명을 받았는지 알고 싶어하지. 그리고 열대에서의 삶에 대해 이야기해달라고 청하네. 자네는 이 생소한 주제에 지대한 관심이 있는 듯이 행동하네. 이 책을 비롯하여 같은 주제에 관한 몇 권의 책을 자네가 주문했으며 며칠 전에 크리스티나에게 빌려주었다는 것을 나는 나중에야 시내의 서점 주인을 통해 알게 되지. 그날 저녁에는 그런 일들에 관해서 전혀 알지 못하네. 자네들은 나를 빼고 둘이서만 이야기를 하네. 내가 열대에 대해서 아무것도 모르기 때문이지. 그날 저녁 속았다는 것을 훗날 알았을 때, 나는 이 장면을 되돌아보고 무심히 지나친 말들을 되새겨보네. 그리고 솔직히 자네들의 연기가 놀랍게도 완벽했다는 것을 시인하지. 아무것도 모르는 나는 자네들의 말에서 의심스러운 점을 전혀 찾지 못하네. 자네들은 열대, 책에 대해서 이야기하지. 평상시에도 책을 읽고 이야기를 나누는 일은 자주 있었어. 자네는 크리스티나의 생각을 알고 싶어하네. 전혀 다른 세계에서 태어나고 성장한 사람이 과연 열대의 생활 조건을 참아낼 수 있는가 하는 문제에 자네는 특히 관심을 보이네. 크리스티나가 어떻게 생각하는가? (내게는 묻지 않네.) 크리스티나가 비, 더운 증기, 숨 막히는 뜨거운 안개, 늪과 정글 한가운데에서의 고독을 견딜 수 있냐고 묻네. 이보게, 말은 되돌아오는 법

196

이라네. 사십일 년 전 마지막으로 여기 이 의자에 앉아 있었을 때, 자네는 열대와 늪, 따뜻한 안개와 비 이야기를 했지. 그리고 조금 전 자네가 이 집에 돌아왔을 때, 늪, 열대, 비, 뜨거운 안개에 대한 말들도 다시 왔네. 그래, 말은 되돌아오네. 모든 것이 되돌아오지. 사물과 말은 돌고 돈다네. 이따금 전세계를 돌고 다시 출발점으로 돌아와 완성되지."

그는 여유 있게 말한다.

"그러니까 마지막으로 자네는 크리스티나와 그것에 대해 대화를 나누었네. 그리고 자정 무렵 마차를 불러 시내로 돌아가지. 이것이 사냥을 한 날 일어난 일들이네."

그는 말한다. 체계적이고 일목요연하게 잘 요약하여 강연을 무사히 끝낸 노인의 만족을 목소리에서 느낄 수 있다.

15

"자네가 가고 난 다음, 크리스티나도 자리를 뜨네."

그는 이야기를 계속한다.

"나 혼자 이 방에 남아 있지. 그녀는 영어로 씌어진 열대 여행기를 의자 위에 두고 갔네. 잠이 안 와, 나는 그 책을 뒤적거려보네. 그림들을 보고, 경제 문제나 건강에 대한 수치들을 이해해보려고 하지. 그리고 크리스티나가 그런 책들을 읽는 것에 놀라네. 그녀하고는 다 상관없는 일이라고 나는 생각하네. 반도에서 생산되는 고무량의 그래프나 원주민의 건강 상태에 그녀가 무슨 관심이 있겠나. 크리스티나는 그런 사람이 아니라고 나는 생각하지. 그러나 영어로 씌어진 그 책은 반도의 생활 조건에 대해서만 말하는 것이 아니네. 아버지 다음으로 소중한 두 사람이 간 다음 자정이 지난 한밤중에 그 책을 손에 들고 홀로 앉아 있는 동안, 나는 불현듯 책도 신호라는 것을 깨닫네. 그리고 이제 다른 일들도 예감하네. 마침내 그날 사물들이 내게 말하기 시작했고, 무슨 일인가 일어났으며, 삶이 내게 귀띔을 하고 있다는 것을 예감하지. 그러한 순간에는 주의를 기울여야 한다고 나는 혼자서 생각하네. 그런 날에는 삶이 특이한 상징을 통해 우리에게 이야기를 하고, 모든 것이 우리의 주의를 환기시키네. 모든 것이 상징이고 암시지. 다만 그것을 이해하기만 하면 되네. 어느 날엔가 때가 되면 사물들이 말을 하지. 이런 생각을 하면서 나는 문득 이 책도 신호이고 대답이라는 것을 깨닫네. 그것은 크리스티나가 이곳을 떠나고 싶어하며, 낯선 세계를 생각하고 있다고 말하네. 그녀가 이 세계와는 생판 다른 것을 원한다고 말하지. 그녀는 도대체 이곳의 누구, 아니면 무엇으로부터 벗어나려는 것일까. 그리고 이 누구는 나 아니면 자네일 수도 있네. 크리스티나가 무엇인가를 느끼고 또 알고 있으며, 그래서 이곳을 떠나려 하고 열대에 관한 전문 서적도 읽는 것이 분명하다고 나는 생각하네. 나는 많은 것을 감지하고, 또 이해하는 것처럼 생각되네. 그날 일어난 일들을 감지하고 이해하지. 지진이 갈라놓은 풍경처럼 내 삶이 두 동강이 나네. 한쪽에는 어린 시절, 과거가 의미하는 모든 것과 자네, 다른 한쪽에는 어둠에 싸여 가늠할 수 없지만 통과해야 하는 공간, 앞으로 남아 있는 삶. 삶의 두 부분은 서로 합치하지 않네. 무슨 일이 일어났는가? 나는 말할 수 없네. 나는 온종일 침착하고 자제된 모습을 보이려고 노력했고, 또 뜻대로 되었지. 창백하게 질린 크리스티나가 이상하게 캐묻는 듯한 눈빛으로 나를 바라보았지만, 아무것도 알아낼 수 없었네. 사냥에서 무슨 일이 있었는지 내 얼굴에서 읽을 수 없었지…… 그런데 정말 무슨 일이 있었던가? 다 내가 상상해낸 것이 아닐까? 전부 망상이 아닐까? 누군가에게 이야기하면, 필경 나를 비웃을 걸세. 나에게는 아무런 증거가 없네. 다만 있다면 증거보다 강력한 내 안의 목소리뿐일세. 그것은 내가 착각한 것이 아니며 진실을 알고 있다고 추호의 반박이나 의심의 여지없이 확고하게 내 안에서 소리치네. 진실은 내 친구가 새벽에 나를 죽이려 했다는 것이네. 이 무슨 우스꽝스럽고 허무맹랑한 비난인가. 그렇지 않나? 사태 자체보다 더 끔찍한 이 확신, 아주 단순한 세상사에서나 가능한 이 부정할 수 없는 부동의 확신을 도대체 누구에게 이야기할 수 있을까? 아닐세. 그러나 이러한 확신을 갖게 된 이상, 앞으로 우리의 만남은 어떻게 될 것인가? 나는 과연 자네 눈을 똑바로 쳐다볼 수 있을 것인가? 크리스티나, 자네와 나, 우리 세 사람은 아무 일도 없었던 것처럼 연극을 할 것인가? 그래서 우리의 우정을 구경거리로 만들어 서로를 살피고 지켜볼 것인가? 그렇게 살 수 있을까? 아까 말한 것처럼, 나는 자네가 돌았다고 생각하네. 필시 음악 때문일 거라고 생각하지. 아무런 대가 없이 음악가가 되고 쇼팽의 친척이 될 수는 없네. 그러나 동시에 나는 이 희망이 어리석고 비겁하다는 것을 아네. 얼버무려서는 안 되고 진실을 직시해야 하는 것을 알지. 자네는 정신이 돈 게 아니네. 이 사실을 부정하거나 둘러댈 수는 없네. 자네에게는 내가 미워서 죽이고 싶은 이유가 있어. 그런데 나는 그 이유를 알 수가 없네. 아주 그럴싸해 보이는 간단한 설명이 하나 있긴 있네. 곧 자네가 갑자기 크리스티나를 향해 주체할 수 없는 열정에 사로잡혔다는 거지. 그것도 일종의 광기일 게야. 그러나 이러한 추측은 전혀

근거가 없어 보이네. 우리 셋이 함께 보낸 시간을 아무리 돌아보아도 그런 흔적이나 징후는 눈에 뜨이지 않네. 그래서 나는 그 추측을 포기할 수밖에 없지. 나는 크리스티나를 알고, 자네를 알고, 또 나 자신을 아네. 적어도 그렇게 믿지. 우리 세 사람의 삶, 우리와 크리스티나의 처음 만남, 나의 결혼, 우리의 우정, 이 모든 것이 너무 숨김없이 명명백백하네. 지난 상황들이 털끝만큼도 오해의 여지가 없어서, 그런 것을 단일 초라도 믿은 내가 미친 것처럼 여겨지네. 제아무리 변화무쌍하다 할지라도 정열은 감출 수 없는 법일세. 어느 날 둘도 없는 친구를 향해 무기를 빼들 수밖에 없는 정열이라면, 몇 달 동안이나 세상의 이목을 숨길 수는 없어. 나처럼 귀멀고 눈멀은 제삼자라 하더라도 무슨 징후를 눈치챘을 걸세. 우리는 거의 함께 살다시피 하네. 자네는 일주일에 사나흘은 우리와 함께 저녁을 먹고, 낮에는 시내의 병영에서 나와 함께 근무하네. 우리는 서로에 대해 모르는 것이 없지. 그리고 크리스티나의 낮과 밤, 나는 그녀의 육체와 영혼을 내 것처럼 잘 아네. 자네와 크리스티나가…… 이 무슨 말도 안 되는 억측이란 말인가. 이런 생각을 하자 내 마음이 편해지네. 그래서 나는 틀림없이 다른 무슨 일이 있을 거라고 생각하지. 일은 더 갈피를 잡을 수 없어지네. 나는 무조건 자네하고 이야기를 해야 하네. 자네를 지켜보도록 시킬 것인가? 코미디에 등장하는 질투에 사로잡힌 남편처럼? 나는 질투에 사로잡힌 남편은 아닐세. 의심은 내 골수 깊이는 뚫고 들어오지 못하네. 크리스티나를 생각하자 내 마음이 평정을 되찾네. 수집가가 일생 최대의 걸작, 다시없이 희귀하고 완벽한 소장품, 그의 인생의 의미와 목표를 발견하듯이, 나는 크리스티나를 찾아내지 않았던가. 크리스티나는 거짓말하지 않고, 부정하지도 않네. 나는 그녀의 모든 생각, 심지어는 꿈에서만 하는 비밀스러운 생각까지도 알고 있지. 노란 우단으로 장정한 일지, 내가 신혼 시절 선물한 일지가 모든 것을 이야기해주네. 그녀가 느낌과 생각, 감정과 동경, 수치스럽거나 대수롭지 않게 여겨 소리내어 말할 수 없는 영혼의 사소한 일들까지도 자신과 나에게 보고하기로 서로 약속했기 때문일세. 그녀는 그 모든 것을 일지를 통해 암시하고, 만나는 사람이나 부딪히는 상황에서 무엇을 생각하고 느꼈는지 몇 마디 말로 알리기로 했지……

우리는 그렇게 서로 신뢰하네. 그 비밀스러운 일지는 우리 두 사람만이 열쇠를 가지고 있는 책상 서랍 속에 항상 놓여 있네. 남자와 여자 사이에서 이보다 더한 친밀함의 표시는 없을 게야. 크리스티나의 삶에 비밀이 있다면, 일지가 알려줄 걸세. 그런데 우리가 이 은밀한 유희를 한동안 잊고 지냈다는 생각이 떠오르네. 그래서 나는 자리에서 일어나 어두컴컴한 집 안을 더듬거려 크리스티나의 서재로 향하네. 그곳에서 책상 서랍을 열고 노란 일지를 찾네. 서랍은 비어 있네."

그는 눈을 감고, 장님처럼 표정 없는 얼굴로 잠시 그렇게 앉아 있다. 적당한 말을 찾는 듯이 보인다.

"자정이 지나 온 집안이 곤히 잠들었네. 크리스티나는 피곤하고, 나는 그녀를 방해하고 싶지 않네. 그래서 그녀가 일지를 자기 방에 가져갔을지 모른다고 생각하지."

그는 다정하게 말한다.

"나는 그녀를 방해하고 싶지 않네. 그래서 우리의 비밀 일지로 알리고 싶은 일이 있는지 다음날 물어보려고 하지. 왜냐하면 이보게, 이 비밀 일지는 반복되는 사랑의 고백 같은 것일세. 우리는 이 무언의 친밀함을 서로 좀 부끄러워하고, 그래서 평상시는 그것에 대해 좀처럼 이야기하지 않네. 그런 이야기를 쉽게 할 수는 없지. 그것은 크리스티나의 생각이었네. 그녀가 신혼 여행 중 파리에서 그렇게 하자고 내게 부탁했지. 고백을 하려 한 사람은 그녀였네. 훗날, 크리스티나가 죽고 없는 훨씬 훗날에서야 나는 언젠가 실제로 고백할 일이 있을 거라는 것을 아는 사람만이 그처럼 성실하게 고백하고 겉으로 솔직하려 한다는 것을 깨달았네. 나는 왜 그런 일지를 쓰는지 오랜 동안 이해하지 못했지. 그래서 이 비밀스러운 기록, 크리스티나의 삶이 보내는 모르스 부호를 좀 과장된 여자의 변덕으로 여겼어. 그녀는 자신과 나에게 조금도 비밀을 갖고 싶지 않다고 말했네. 그래서 말로 하기 어려운 모든 것을 글로 쓰려 한다는 것이었어. 조금 전에도 말했지만, 그렇게 애써 솔직하려고 하는 사람은 무엇인가 두려워하는 게 있다는 것을 나는 시간이 많이 지난 다음에야 깨달았지. 다른 사람에게 알릴 수 없는 진짜 비밀, 글로 쓸 수 없고 말로 할 수 없는 순수한 비밀로 자신의 삶이 채워질 것을 두려워한다고나 할까. 크리스티나는 그녀의 몸과 영혼, 감정과 비밀스러운 생각, 신경의 움직임 하나하나까지 모든 것을 내게 주려 하네. 우리는 신혼 여행 중이고, 크리스티나는 사랑에 빠져 있네. 하지만 그녀의 출신을 한번 생각해보게. 내가 주는 것이 무엇을 의미했을 것 같은가. 내 이름과 이 성, 파리의 대저택, 넓은 세상. 소도시의 초라한 집에서 악기와 악보, 추억만을 위해 사는 병든 노인과 단둘이 지내던 그녀로서는 몇 달 전만 해도 꿈도 못 꾸었을 것들이지. 그런데 갑자기 삶이 모든 것을 아낌없이 선물하네. 결혼, 일 년 동안의 신혼 여행, 파리, 런던, 로마 그리고 동양, 오아시스에서의 몇 달, 바다. 당연히 크리스티나는 자신이 사랑에 빠졌다고 생각하지. 나중에서야 사랑한 게 아니라는 것을 알게 되네. 그녀는 그저 고마워할 뿐이네."

그는 두 손을 깍지 끼고 팔로 무릎을 받친 채 몸을 앞으로 숙인다.

"그녀는 고마워하지. 돈 많고 신분 높은 젊은 남편과 신혼 여행을 떠나는 젊은 부인답게 그녀 나름대로 아주 고마워하네."

그는 깍지 낀 손가락에 힘을 주면서 양탄자의 무늬를 뚫어져라 바라본다.

"어떻게든 고마운 마음을 표시하고 싶어하지. 그래서 일지 같은 희귀한 선물을 생각해낸 걸세. 그것은 첫 순간부터 놀라운 고백으로 넘치네. 크리스티나는 내 기분에 아랑곳하지 않고 때로는 불안할 정도로 솔직하게 고백하네. 자신의 눈에 비친 나를 몇 마디 안되지만 아주 정확하게 묘사하지. 그녀 마음에 들지 않는 점, 내가 어떻게 지나친 자신감으로 온 세상 사람들에게 접근하는지 묘사하네. 그녀의 경건한 영혼에 최고의 미덕으로 생각되는 겸손이 내게 부족하다고 느끼지. 맞네, 사실 그 시절 나는 겸손하지 않았어. 말한 마디 한 마디, 몸과 영혼의 움직임 하나하나로 내안에서 완벽한 메아리를 불러일으키는 여자를 찾아냈으니, 세상이 내 것만 같았지. 게다가 돈도 있었고, 지위도 있었네. 미래가 탄탄대로처럼 눈앞에 환히 열려 있었지. 나는 서른 살 한창 나이에 인생과 일과 경력을 사랑했어. 지금 돌이켜보면, 이 요란한 자기 만족, 행복감에 머리가 어지러워. 이유 없이 신들의 총애를 받는 사람이 흔히 그렇듯이, 나는 행복 깊은 곳에서 일말의 불안을 느끼네. 모든 것이 너무 아름답고 빈틈없이 완벽하네. 그렇게 빈틈없는 행복 앞에서는

207

누구나 두려운 법일세. 나는 운명에 제물을 바치고 싶네. 차라리 재정적이거나 그 밖의 좋지 않은 소식이 고향에서 날아오기를 바라네. 예를 들어 고향의 성이 불탔거나 경제적인 타격을 입어 거래 은행에서 불길한 통지가 왔다는 등의 그런 소식 말일세. 나는 신들에게 기꺼이 행운의 일부를 돌려주고 싶네. 신들이 질투심 많다는 것은 다들 알고 있지 않은가. 그들은 죽음을 면할 수 없는 자들에게 행운의 일 년을 선사하면, 즉시 이 부채를 기록해두었다가 인생의 끝에 높은 이자를 붙여 돌려받길 원하지. 그러나 내 주변은 모든 게 완벽하게 질서를 유지하네. 크리스티나는 꿈속에서처럼 짤막한 문장들을 일지에 쓰네. 때로는 단 한 줄, 단 한 마디만을 쓸 때도 있어. 이를테면 '당신은 허영심이 너무 많아 희망이 없어요' 라고 쓰기도 하지. 그런 다음 몇 주일 동안 한 자도 쓰지 않네. 또는 알제리의 어느 골목에서 웬 남자가 자신의 뒤를 쫓아와 말을 걸었는데, 그를 따라갈 수도 있다는 생각이 들었다고 쓰네. 크리스티나는 종잡을 수 없는 성격이라고 나는 생각하지. 그러나 나는 행복하고, 마음을 적이 불안하게 하는 이 남다른 솔직함도 내 행운을 방해하지 못하네. 상대방에게 그렇게 병적으로 모든 것을 말하려는 사람의 솔직함은 본질적인 것을 회피하기 위한 방패일지도 모른다는 것을 미처 생각하지 못하지. 나는 신혼 여행 길에서뿐 아니라 나중에 일지를 읽으면서도 그 점을 생각하지 못하네. 그러나 마침내 사냥을 한 그날, 그 낮과 밤이 오네. 나는 총이 발사되고 총알이 귀 옆을 스쳐간 것처럼 느끼지. 그런 다음 밤이 오고 자네는 집으로 돌아가네. 그전에 크리스티나하고 열대에 관해 여러 가지로 상세히 토론을 하지. 나는 혼자 남아 그날 낮과 저녁에 있었던 일들을 되새겨보네. 그리고는 늘 있던 자리, 크리스티나의 책상 서랍에서 일지가 사라진 것을 발견하네. 나는 다음날 시내로 자네를 찾아가서 물어보기로 결심하지……"

그는 입을 다문다. 그리고 어린애 장난에 놀란 노인처럼 고개를 젓는다.

"무엇을 물어볼 것인가?"

그는 자조하듯이 경멸 어린 어조로 소리 죽여 말한다.

"도대체 말로 무엇을 물어볼 수 있겠나? 실제 삶이 아니라 말로 하는 대답이 과연 얼마나 가치가 있을까? 많지는 않을 걸세."

그는 단호하게 말한다.

"말이 실제 삶과 완벽하게 일치하는 사람은 극히 적네. 아마 세상에서 그것보다 드문 것은 없을 걸세. 그때만 해도 나는 그것을 몰랐어. 지금 가련한 거짓말쟁이를 말하는 것이 아닐세. 인간이 아무리 진실을 찾고 경험을 축적해도 타고난 천성은 바꿀 수 없다는 말을 하는 걸세. 이 변하지 않는 근본, 타고난 천성을 현명하고 신중하게 현실에 적응시키는 것밖에 다른 도리가 없어. 그것이 우리가 할 수 있는 전부일세. 물론 그렇다고 우리가 더 현명해지거나 상처를 덜 입는 것도 아닐세, 아니고말고…… 그러니까 나는 자네하고 이야기를 할 생각이네. 내가 묻고 자네가 답변하는 것으로 있는 사실이 바뀔 리 없다는 것을 그때는 미처 모르네. 그러나 어쨌든 말로 묻고 대답하는 것으로 현실과 사실에 접근할 수는 있어. 그래서 나는 자네와 이야기하려 하지. 그러다가 지쳐서 곯아떨어지네. 마치 장시간의 승마나 산책처럼 육체적으로 아주 힘든 일을 한 것 같네. 언젠가 나는 곰을 등에 지고 산을 내려온 적이 있었어. 그 시절 유난히 기운이 넘쳤지. 그렇지만 지금 돌아보면, 어떻게 그 무거운 걸 지고 산

210

비탈을 내려와 계곡을 건널 수 있었는지 놀랍네. 원래 인간은 삶에 목표가 있는 한 모든 것을 견딜 수 있는 것 같아. 곰을 등에 지고 골짜기에 도착한 나는 지쳐서 눈 속에서 잠이 들었네. 우리 사냥꾼들이 죽은 곰 옆에서 반쯤 언 나를 발견했지. 그날 밤에도 나는 그때처럼 잠을 잤네. 꿈꾸지 않고 곤히 잤지. 잠에서 깨어나자마자 나는 마차에 말을 메게 하고 시내의 자네 집으로 달려가네. 그리고 자네 방에서 자네가 이미 떠났다는 소리를 듣지. 부대에는 다음날 자네가 직위를 포기하고 외국으로 떠나는 것을 알리는 편지가 도착했어. 그 순간 나는 자네가 도주한 사실을 깨닫네. 자네가 나를 죽이려 했고, 무슨 일인가 일어났으며, 그 일은 아직도 계속되고 있는 것이 확실하기 때문이지. 물론 처음에 나는 그 일이 무엇을 의미하는지 도통 모르네. 그렇지만 그 모든 일이 나와 개인적으로 관계있으며, 자네만이 아니라 내 일이기도 하다는 점은 확실하지. 그렇게 나는 호화찬란한 물건들로 가득 찬 수수께끼 같은 방에 서 있네. 그때 문이 열리고 크리스티나가 들어오네."

그는 옛날이야기를 들려주듯이 말한다. 먼, 아득히

먼 나라에서 마침내 돌아온 친구를 재미있는 이야기로 즐겁게 해주려는 듯 애정에 넘치는 다정한 어조로 말한다.

콘라드는 눈썹 하나 움직이지 않고 그의 이야기에 귀를 기울인다. 그의 불꺼진 시가가 유리 재떨이 가장자리에 놓여 있다. 그는 팔짱을 끼고, 흐트러짐 없이 곧은 자세로 앉아 있다. 상관과 다정한 이야기를 나누는 장교처럼 보인다.

"그녀는 문을 열고 문지방에 서 있네."

장군은 말한다.

"모자도 쓰지 않고 집에서 오는 길로, 가벼운 이인승 마차를 직접 몰고 왔네. '이 사람 떠났어요?' 그녀의 목소리가 전에 없이 쉬어 있네. 나는 고개를 끄덕이지. 그래, 떠났어. 크리스티나는 늘씬한 몸을 곧추세우고 문에 서 있네. 아마 그녀가 이 순간보다 더 아름다웠던 적은 없을 걸세. 그녀는 많은 피를 흘린 부상자처럼 창백하네. 전날 저녁 열대 서적을 읽고 있는 그녀에게 다가갔을 때처럼, 두 눈만이 불타듯이 빛나네. '이 사람 도망쳤어요.' 그녀는 말하고 대답을 기다리지 않네. 그것은 스스로를 향한 진술이고 확정일세. '겁쟁이' 그녀는 조용히 소리 죽여 덧붙이네."

"그녀가 그렇게 말했나?"

손님이 묻는다. 조각처럼 미동 없던 그의 자세가 허물어진다. 그는 헛기침한다.

"그렇네."

장군은 말한다.

"그것뿐일세. 나 역시 그녀에게 아무 말도 묻지 않네. 우리는 말없이 방 안에 서 있네. 그런 다음 크리스티나가 방 안을 둘러보기 시작하지. 그녀는 가구와 그림, 예술품 들을 하나하나 눈에 담고, 나는 그런 그녀를 지켜보네. 그녀는 작별하듯이 방 안을 돌아보네. 잘 알고 있는 물건들과 작별 인사를 하듯이 하나하나 둘러보지. 자네도 알겠지만, 사물이나 방을 두 가지 방식으로 볼 수 있네. 발견할 때와 작별할 때가 있지. 크리스티나의 눈빛에서 발견의 호기심은 찾아볼 수 없네. 그녀의 시선은 집 안의 물건들이 다 제자리에 있는지 확인하듯이 그렇게 조용하고 친밀하게 물건들을 더듬네. 그녀의 눈은 병적으로 빛나면서도, 이상하게 몽롱해 보이네. 그녀는 말없이 자제하고 있지만, 나는 그 여인이 지금까지 살아온 삶의 궤도에서 내동댕이쳐졌으며, 자신뿐 아니라 자네와 나도 잃었다는 것을 감지하네. 보통 때와는 다른 몸짓, 눈길, 크리스티나는 결코 되돌릴 수 없는 행동을 하고 말을 하네. 그녀는 자주 보았던 것과 헤어지면서 한 번 더 마음에 새기듯이, 호기심 없는 눈길로 조용히 그림들을 바라보네. 잘 안 보이는 양 눈을 깜박거리며 오만하게 프랑스 침상을 바라보고, 한순간 눈을 찡긋 감네. 그런 다음 몸을 돌려, 올 때처럼 말없이 방을 떠나네. 나는 방 안에 남아 있네. 열린 창문을 통해, 그녀가 꽃봉오리 맺힌 장미 사이를 지나 정원을 가로질러 가는 것이 보이네. 그녀는 울타리 뒤에 서 있는 마차에 올라타 고삐를 쥐고 출발하네. 한순간 후에 마차는 길모퉁이를 돌아 사라지네."

그는 말을 멈추고 손님을 건네다 본다.

"내 말에 피곤한가?"

그가 정중하게 묻는다.

"아닐세."

콘라드의 목이 쉬어 있다.

"전혀 아닐세. 계속 하게."

"내 이야기가 좀 장황한 듯하네."

그는 변명하듯이 말한다.

"그러나 달리 어쩔 도리가 없어. 우리는 세세한 것들을 통해서만 본질적인 것을 이해할 수 있기 때문일세. 나는 책과 삶에서 그렇게 배웠네. 먼저 세세한 부분을 다 알아야 하지. 그렇지 않으면 무엇이 중요하고, 사물 뒤에서 어떤 말이 빛나는지 결코 알 수 없네. 처음부터 끝까지 잘 헤아려보아야 하네. 하지만 이제 할말도 별로 없어. 자네는 도주했고, 크리스티나는 마차를 타고 집으로 갔네. 그리고 나는 그 순간, 아니 나머지 인생에서 무엇을 할 수 있겠는가?…… 나는 방을 돌아보고, 크리스티나가 사라진 쪽을 쳐다보네. 그러다가 복도에 자네 사병이 차려 자세로 대기하고 있다는 생각이 떠오르지. 이름을 부르자, 그가 들어와 경례를 하며 말하네. '부르셨습니까?' '소령이 언제 떠났나?' '새벽 특급 열차 편으로 떠나셨습니다.' 그것은 빈으로 가는 열차네. '짐을 많이 가져갔나?' '아닙니다, 평상복 몇 벌만 가지고 가셨습니다.' '명령이나 편지를 남긴 것이 없나?' '있습니다, 이 집을 포기하고, 세간을 팔 것이라고 말씀하셨습니다. 변호사가 다 처리할 테니, 저는 부대로 돌아가라는 말씀이

215

셨습니다.' 그는 이렇게 말하네. 그게 전부였지. 우리는 서로를 응시하네. 그런 다음 쉽사리 잊을 수 없는 순간이 오지. 그 사병, 스무 살의 시골 청년, 자네도 틀림없이 그 선량하고 총명한 얼굴을 기억할 게야. 그는 차려 자세와 근무 중의 딱딱한 시선을 거두고, 이제 상관 앞의 졸병이 아니라 아무것도 모르는 불쌍한 남자 앞에 내막을 아는 남자로 서 있네. 그의 동정 어린 인간적인 눈빛을 보고, 나는 순간 창백해졌다가 이내 붉게 달아오르네. 이성을 상실하기는 그때가 내 평생 처음이자 마지막일 걸세. 나는 그에게 다가가 멱살을 잡고 번쩍 들어 올리네. 우리는 서로 상대방의 숨결을 느끼네. 서로 상대방의 눈을 깊이 들여다보지. 사병의 눈은 공포로 질리면서도 끝내 동정의 빛을 감추지 않네. 자네도 알 게야, 그런 순간에는 사람이나 물건에 아예 손을 대지 않는 편이 더 나아. 주의하지 않으면 손에 닿는 모든 것이 바스러지지. 나도 그것을 알고 있네. 그래서 사병과 나, 우리 두 사람이 위험하다는 것을 느끼지. 나는 그를 내려놓네. 마치 납인형처럼 바닥에 내려놓지. 그의 군화가 마룻바닥에 소리를 내며 부딪치고, 그는 사열식에서처럼 즉각 다시 차

216

려 자세를 취하네. 나는 손수건을 꺼내 이마의 땀을 훔치네. 물어볼 말은 단 하나뿐이고, 그러면 사병은 지체 없이 대답할 걸세. '방금 여기 있었던 부인이 전에도 온 적이 있나?' 대답하지 않으면, 나는 그를 죽일 걸세. 그러나 대답해도, 마찬가지로 그를 죽일 걸세. 사병 하나만이 아니라…… 그런 순간에는 친구들도 몰라보는 법일세. 그러나 동시에 나는 물어볼 필요가 없다는 것을 아네. 크리스티나가 전에도 한 번, 아니 수없이 그곳에 왔다는 것은 묻지 않아도 분명하네."

그는 의자 깊숙이 몸을 파묻고 피곤한 듯 두 팔을 늘어뜨린다.

"그런 순간에 묻는다는 것이 무슨 의미가 있겠나." 그는 말한다.

"알고 싶은 것이 있어도 타인이 알려줄 수는 없네. 무엇 때문에 그런 일이 일어났는지 알아야 할 걸세. 그리고 두 사람 사이의 경계, 배반의 경계, 그것이 어디에 있는지도 알아야 할 걸세. 또 내 책임이 어디에 있는지도……"

그는 소리 죽여 확신 없는 목소리로 묻는다. 사십일 년 동안 마음속에 품고 있었지만, 지금까지 대답을 찾지 못했으며 이제 처음 소리내어 이야기한다는 것을 그의 목소리에서 짐작할 수 있다.

16

"모든 일이 어느 날 갑자기 닥치는 것이 아니기 때문일세."

장군의 어조가 보다 단호해진다. 그는 눈을 들어 올려다본다. 그들의 머리 위에서 촛불이 연기를 내며 높이 너울거린다. 어스름한 방 안에서 그들의 검은 윤곽만이 보인다. 창문 너머 바깥 풍경과 시가지는 여전히 어둠에 싸여 있고, 가로등 불빛 하나 보이지 않는다.

"누구나 스스로 일을 자초하기 마련이지. 스스로 자초하고, 불러오고, 피할 수 없는 일에서 벗어나려 하지 않네. 인간이란 원래 그렇다네. 자신의 행위가 치명적이라는 것을 처음 순간부터 알면서도 그만두려 하지 않아. 인간과 운명, 이 둘은 서로 붙잡고 서로 불러내서 서로를 만들어간다네. 운명이 슬쩍 우리 삶

219

으로 끼어든다는 말은 맞지 않아. 그게 아니라 우리가 열어놓은 문으로 운명이 들어오고, 또 우리가 운명에게 더 가까이 오라고 청하는 걸세. 근본 심성이나 성격 때문에 어쩔 수 없이 일어나는 불행을 행동이나 말로 막아낼 수 있을 만큼 현명하거나 강한 사람은 없네. 자네와 크리스티나에 관해서 도대체 나는 무엇을 알고 있었던가? 처음부터, 우리 셋의 이야기가 시작했을 때부터 말일세. 어쨌든 크리스티나에게 나를 소개한 사람은 자네였어. 그녀는 어린 나이에 자네를 알았지. 자네는 그녀의 아버지에게 악보를 복사시켰어. 손이 굽어 악보는 그나마 베낄 수 있었지만, 바이올린과 활은 쥘 수 없었던 노인장 말일세. 그분은 악기에서 화음을 불러낼 수 없어 활동을 중단하고 연주회장을 떠나, 소도시의 음악 학교에서 소질 없거나 기껏해야 한두 소절 따라 할 수 있는 어린이들을 가르치셨지. 그리고 재능 있는 아마추어들의 작품을 고치거나 다듬는 일로 가욋돈을 버셨어. 자네도 이런 일을 통해 그분과 당시 열일곱 살이었던 그분의 딸을 알게 되었지. 심장병 때문에 남부 티롤 고향 근처의 요양소에 칩거하던 어머니는 세상을 떠나신 뒤였어. 나중에 신

220

혼 여행에서 집으로 돌아오던 길에, 우리는 이 온천장의 요양소를 찾아보네. 어머니가 숨을 거두신 방을 크리스티나가 보고 싶어하기 때문이지. 우리는 어느 날 오후 자동차를 타고 아르코에 도착하네. 꽃과 오렌지 향기 가득한 가르다 호수를 따라 달려 리바에 숙소를 정하고, 오후에 아르코로 건너가지. 대지는 올리브나무 빛 은회색이고, 멀리 산 위에는 성이 보이네. 요양소는 아지랑이 아른거리는 따스한 대기에 덮여 바위 사이에 숨어 있네. 곳곳에 종려나무가 보이고, 온실처럼 가슴을 파고드는 온아한 불빛. 크리스티나의 어머니가 생의 마지막 몇 해를 보내신 베이지색 건물은 적막에 싸여 비밀을 품고 있는 듯이 보이네. 마치 인간의 심장을 병들게 한 온갖 슬픔을 싸안고 있는 듯하지. 삶에 환멸을 느끼거나 납득할 수 없는 불행한 일을 겪어 심장에 병이 든 사람들이 그곳에서 말없이 살아가는 듯 느껴지네. 크리스티나는 집 주위를 돌아보네. 적막, 가시 돋친 남국 식물의 향내, 향긋하고 따사한 대기가 병든 심장을 붙들어 매는 끈처럼 모든 것을 감싸고 있지. 이 모든 것을 보는 내 마음도 찡해오네. 처음으로 나는 크리스티나가 완전히 내 사람이 아니라는 것을 느끼네. 그리고 멀리, 아득히 멀리, 태초에서 들려오는 현명한 슬픈 목소리, 우리 아버지의 목소리를 듣네. 그 목소리는 콘라드 자네에 대해 말하네."

그는 처음으로 손님의 이름을 소리내어 말한다. 분노나 흥분의 기색 없이 냉정하고 정중하게 말한다.

"그것은 자네가 참된 군인이 아니고 다른 종류의 사람이라고 말하네. 나는 무슨 뜻인지 이해를 못하네. 그리고 다르다는 것이 무슨 의미인지도 모르지……이 다르다는 것 때문에 인류가 두 패로 갈라지고, 또 남자와 여자, 친구와 친지 사이에서도 항상 이것이 문제라는 것을 깨닫기 위해서는 긴 세월, 많은 고독한 시간이 필요하네. 세상의 모든 것은 다 이 두 패로 나눌 수 있으며, 온갖 계급, 모든 종류의 세계관과 권력 안배도 이 다른 것의 변형이라고 나는 이따금 믿을 때가 있어. 혈액형이 같은 사람들만이 위험한 상황에서 서로 도울 수 있듯이, 영혼들도 견해와 확신 저편의 극히 비밀스러운 현실이 '다르지' 않을 때만 서로 도울 수 있어…… 축제는 끝났으며, 크리스티나 역시 '다르다'는 것을 나는 그곳 아르코에서 의식했네. 그리고 아버지의 말씀을 머리에 떠올렸지. 아버지는 생전에 책을 읽지는 않으셨지만 삶과 고독을 통해 진실을 인식하는 법을 배우셨어. 그래, 아버지는 인류를 둘로 가르는 존재의 이원성에 대해 알고 계셨지. 아버지도 한 여인을 만나 다시없이 사랑했지만, 그 옆에서 끝내 고독하셨네. 두 분이 서로 다른 기질과 삶의 리듬을 가진 두 부류의 인간이었기 때문이지. 우리 어머니도 자네나 크리스티나처럼 '달랐기' 때문일세. 내가 아르코에서 깨달은 것은 그것만이 아니네. 어머니와 크리스티나, 자네하고 나를 묶어준 것은 늘 같은 감정이었어. 늘 같은 동경, 같은 희구, 같은 무력하고 슬픈 욕구였지. 우리는 언제나 '다른 사람'을 사랑하고, 어떤 상황에서 어떤 변화를 겪든 언제나 '다른 사람'을 찾기 때문일세. 이런 것쯤은 자네도 벌써 알고 있겠지? 삶의 가장 큰 비밀과 최대의 선물은 '비슷한 성향'의 두 사람이 만나는 것일세. 그런 경우는 아주 드물다네. 그 이유는 자연이 술수와 힘을 사용해 그러한 만남을 방해하는 데 있을 걸세. 서로 영원히 희구하는, 대립된 성향의 사람들 사이에서 생겨나는 긴장이 세계 창조와 삶의 개혁을 위해 필요하기 때문이 아닐까. 이보게, 전기의 교류 같은 것…… 시선을 두는

223

쪽에서 일어나는 양극과 음극의 에너지 교환. 이 이원성 뒤에 얼마나 많은 절망과 눈먼 희망이 숨어 있는가! 그렇네, 아르코에서 나는 우리 아버지의 목소리를 듣고, 당신의 운명이 나한테서 계속되고 있다는 것을 깨달았네. 나는 아버지와 같은 부류에 속하는 반면, 우리 어머니와 자네, 크리스티나는 삶의 다른 기슭 사람이라는 것을 깨달았지. 각자 어머니, 친구, 사랑스러운 아내로서 다른 역할을 하면서도, 다른 한편으로 내 삶에서 같은 역할을 하네. 그래, 결코 이를 수 없는 다른 기슭. 사람은 한평생 살면서 모든 것을 손에 넣을 수 있고, 또 세상과 주변의 모든 것을 쟁취할 수 있지. 삶은 인간에게 무엇이든 줄 수 있고, 또 인간은 삶에서 무엇이든 얻을 수 있네. 그러나 인간의 취향, 성향, 삶의 리듬은 바꿀 수 없어. 자네에게 아무리 가깝고 중요한 사람이라도, 그를 특징짓는 다르다는 것만은 변화시킬 수 없지. 아르코에서, 어머니가 숨을 거두신 집을 돌아보는 크리스티나 옆에서 나는 난생처음으로 그것을 느끼네."

그는 고개를 숙이고 손으로 이마를 받친다. 인간이라는 존재의 근본 심성에 대해 달리 어쩔 도리가 없다는 것을 마침내 깨달은 듯 체념하는 무력한 몸짓이다.

"우리는 아르코를 떠나 집으로 돌아왔고, 이곳에서 신혼 생활을 시작했지."

그는 말한다.

"나머지는 자네도 잘 아네. 나를 크리스티나에게 소개한 사람은 바로 자네였지. 그녀가 자네에게 관심 있다는 말을 자네는 단 한마디도 비치지 않았어. 내 평생 우리, 나와 크리스티나의 만남만큼 그렇게 확실하게 느낀 것은 없네. 그녀의 혈관에는 여러 종류의 피가 흘렀어. 독일, 이탈리아, 헝가리, 게다가 아버지 쪽 친척의 폴란드 피 한 방울…… 그녀가 어떤 사람인지 말로 규정하거나 확정짓기는 매우 어려웠네. 어떤 민족, 어떤 사회 계층도 그녀를 완전히 싸안을 수 없었어. 계급이나 혈통에 구애받지 않고 어디에도 종속되지 않는 완전히 자유로운 존재를 자연이 한 번 창조하고자 시도한 것 같았지. 그녀는 마치 동물 같았네. 정성 어린 양육, 기숙사 학교, 아버지의 교양과 애정은 크리스티나의 행동거지만을 바로잡았지, 그녀의 내면은 길들이지 않은 야성 그대로였어. 내가 줄 수 있었던 모든 것, 재산과 사회적 신분은 사실 그녀에게

225

별 가치가 없었네. 이 내적인 자유 분방함, 그녀의 본질을 이루는 자유에의 충동 때문에, 내가 그녀를 인도한 세계에는 별 관심이 없었지. 그녀의 자부심은 신분, 혈통, 재산, 사회적 지위나 특별한 개인적인 능력에 대한 자부심과는 달랐어. 크리스티나는 그녀의 심장과 신경 속에 독소처럼 깃들여 있는 고귀한 야성에 자부심을 가지고 있었어. 자네도 잘 알겠지만, 이 여인은 내적으로 구속이라는 것을 몰랐네. 오늘날 그런 사람을 보기는 어려워. 구속을 모르는 사람들은 남자나 여자나 아주 드물지. 분명히 그것은 혈통이나 사회적 신분의 문제가 아닐세. 그녀는 모욕이라는 것을 몰랐네. 어떤 상황에서도 물러설 줄 몰랐고, 제한이라는 것을 참지 못했어. 게다가 그녀에게는 여자들에게서 보기 드문 점이 있었네. 그녀는 자신의 내적인 품위를 책임질 줄 알았지. 자네 우리의 첫 만남을 기억하나? 자네도 틀림없이 기억할 게야. 그녀 아버지의 악보가 커다란 책상에 널려 있던 방에서였지. 크리스티나가 들어오자 작은 방 안이 온통 밝은 빛으로 채워졌네. 그녀가 가져온 것은 젊음만이 아닐세. 아니, 그녀는 정열과 오만, 조건 없는 감정을 좇는 자유로운 자의식을 가져왔지. 그 이후로 나는 세상과 삶이 선사하는 모든 것에 그렇게 완벽하게 일치할 수 있는 사람을 만나보지 못했네. 음악, 숲에서의 새벽 산책, 꽃의 색깔과 향기, 예지에 찬 인간의 말 한 마디. 우아한 천이나 동물을 크리스티나처럼 어루만질 수 있는 사람은 없네. 나는 삶이 주는 소박한 선물에 이 여자처럼 기뻐하는 사람을 만나보지 못했어. 사람과 동물, 별과 책, 그녀는 모든 것에 남다른 관심을 보였지. 그러나 잘난 척하거나 전문 지식에 사로잡힌 고루한 사람들과는 달랐네. 삶이 보여주고 선사할 수 있는 모든 것에 애정을 가지고 인생을 즐기는 사람의 선입견 없는 기쁨이었지. 이 세상 모든 현상이 그녀의 개인적인 일인 듯이. 자네 무슨 말인지 이해하나? 그래, 자네도 틀림없이 이해할 걸세. 그리고 이 선입견 없는 친밀함에는 겸손, 삶이 커다란 은총이라는 인식이 배어 있었네. 지금도 이따금 그녀 얼굴이 눈에 선하네."

그는 좀 장황하게 말한다.

"이 집에는 그녀의 그림이나 사진이 한 장도 없네. 오랫동안 우리 선조들의 초상화 옆에 걸려 있던 오스트리아 화가의 그림도 떼어버리고 없어. 그렇네, 크

227

리스티나의 그림은 이 집 어디에도 없다네."

그것이 대단한 일이라도 되는 양, 그는 흡족한 표정으로 말한다.

"그런데도 설핏 눈을 붙이거나 방 안에 들어서는 순간, 그녀의 얼굴이 보일 때가 가끔 있어. 자네도 나처럼 그녀를 잘 알았지. 그런 우리 두 사람이 이런 이야기를 하고 있으려니, 사십일 년 전 마지막으로 자네와 나 사이에 앉아 있던 그날 저녁처럼 그녀 얼굴이 뚜렷하게 보이는구먼. 그날 저녁 나는 마지막으로 크리스티나와 함께 식사했네. 자네도 알아두게. 그날 저녁 자네만이 아니라 나도 마지막으로 크리스티나와 식사를 했지. 그날 우리 세 사람 사이에 어차피 피할 수 없었던 모든 일이 일어났기 때문일세. 우리 두 사람이 크리스티나를 알았기 때문에 어떤 식으로든 결정을 내려야 했어. 자네는 열대로 갔고, 크리스티나와 나는 두 번 다시 말 한마디 나누지 않았지. 그래, 그녀는 팔 년을 더 살았네. 우리 두 사람은 이곳 한 지붕 아래에서 살았지만, 말을 나눌 수는 없었어."

그는 타오르는 불길을 응시한다.

"우리는 그랬네."

그는 짧게 말한다.

"나는 어떻게 해서 그런 일이 일어났는지 차츰 이해했네. 음악이 있었어. 인간의 삶에는 끊임없이 되돌아오는 운명적인 요소들이 있지. 이를테면 음악이 그런 것일세. 우리 어머니, 자네와 크리스티나 사이에서 음악은 서로를 묶어주는 끈이었어. 음악은 말이나 행동으로 표현할 수 없는 것을 자네들에게 말하고, 또 자네들은 필시 음악을 통해서 서로 이야기를 나눌게야. 이 대화, 자네들에게는 분명한 이 음악의 언어를 우리 아버지와 나 같은 다른 사람들은 이해할 수 없네. 그래서 우리는 자네들 사이에서 끝내 고독했지. 그러나 음악은 자네와 크리스티나에게는 말을 했네. 나하고는 대화가 끊겼을 때에도, 자네 두 사람은 서로 이야기를 할 수 있었어. 나는 음악을 증오하네."

그의 목소리가 높아진다. 오늘 저녁 처음으로 흥분하여 쉰 소리가 난다.

"이 이해할 수 없는 선율의 언어, 특정한 사람들만이 서로를 이해할 수 있도록 도와주는 이 언어를 나는 증오하네. 그것은 제어되지 않은 자유분방한 일들, 심지어는 외설적이고 비도덕적인 것까지도 말한다고 나는 믿네. 음악을 듣는 그들의 표정이 어떻게 묘하게 변하는지 한번 보게. 자네와 크리스티나는 일부러 음악을 찾지는 않았어. 자네 둘이 피아노를 같이 연주한 기억은 전혀 없네. 자네는 크리스티나 앞에서 한번도 피아노에 앉은 적이 없었어. 어쨌든 내가 보는 앞에서는 없었네. 크리스티나가 내 앞에서 자네와 함께 음악을 듣지 않았다면, 분명 수치심이나 배려하는 마음 때문이었겠지. 음감에 의해서만이 아니라 운명적으로 함께 묶여 있는 사람들의 마음을 그렇게 깊이 움직일 수 있다면, 음악에는 필경 말로 표현할 수 없는 다른 더 위험한 의미가 있을 게야. 그렇게 생각하지 않나?"

"맞네. 나도 같은 생각일세."

손님이 말한다.

"마음이 놓이는구먼."

장군은 정중하게 말한다.

"크리스티나의 아버지도 같은 생각이셨네. 그분은 사실 음악에 대해 뭔가를 이해하셨지. 그리고 내가 음악, 자네와 크리스티나에 관해 한 번, 단 한 번 모든 것을 이야기한 유일한 분이셨네. 그때 벌써 연세가 아주 많으셨지. 우리가 이야기를 나눈 직후 저 세상으로 가셨네. 내가 전쟁에서 돌아왔을 때였고, 크리스티나가 죽은 지 수십 년이 지난 다음이었어. 소중했던 사람들, 아버지와 어머니, 자네와 크리스티나가 모두 내 곁을 떠나고 없었지. 유모 니니와 크리스티나의 아버지, 두 노인만이 아직 살아 있었네. 두 사람은 무슨 알 수 없는 목적이라도 있는 것처럼 노인들 특유의 기이한 힘과 무관심으로 살아 있었지. 지금 우리 둘처럼 말일세…… 다들 세상을 떠났고, 나 자신도 쉰 살이 넘어 노년의 문턱에서 여기 숲 공터의 나무처럼 고독했네. 전쟁이 발발하기 전날 폭풍이 불어 숲이 몽땅 쓰러졌어. 수렵용 별장 근처에 그 나무 한 그루만이 남아 있었지. 거의 반세기가 지난 지금 그 주변에는 새로운 숲이 자라났네. 그러나 그것은 자연계에서 폭풍이라 불리는 의지가 주위의 모든 것을 쓰러뜨린 다음 남아 있는 고목들 가운데 하나일세. 그리고 여보게, 그 나무가 아직도 살아 있다네. 이유는 알 수 없지만 강철 같은 의지로 살아 있어. 그것은 어떤 목적을 가지고 있을까? 아무 목적도 없네. 그저 살아 있으려는 것뿐일세. 가능한 한 오래 존재하고, 될수록 새로운 힘을 많이 얻으려는 데 생명, 모든 생물체의 유일한 삶의 목적이 있지 않을까. 그래, 그때 나는 전쟁에서 돌아와 크리스티나의 아버지하고 이야기를 했네. 그분이 우리 세 사람에 대해 무엇을 알고 계셨냐고? 전부 알고 계셨지. 그리고 나는 단 한 사람 그분에게만은 하고 싶은 이야기를 다 털어놓았네. 우리는 어두운 방 안의 낡은 가구와 악기 사이에 앉아 있었어. 서가와 장롱 안 여기저기에 악보, 기호로 묶인 말없는 음악, 인쇄된 나팔과 북소리가 널려 있었지. 방 안에 음악의 세계가 말없이 도사리고 있었어. 그리고 품고 있는 모든 것에서 인간적인 내용이 다 증발해버린 듯 케케묵은 냄새가 코를 진동했지. 내 말을 다 듣고 난 그분이 물으셨어. '자네가 원하는 게 무언가? 자네는 살아남지 않았는가.' 판결을 내리는 어투였네. 마치 비난하는 것 같았지. 그리고는 잘 보이지 않는 흐릿한 눈으로 어스름한 방 안을 응시하셨어. 그때 벌써 여든이 넘은 고령이셨지. 그 자리에서 나는 살아남은 사람에게는 비난할 권리가 없다는 것을 깨달았네. 살아남은 사람은 소송에서 이긴 거나 다름없네. 그러니 비난할 권리도, 이유도 없지 않겠는가. 그는 더 영리하고 끈질긴 강자일세. 우리 두 사람이 그렇다네."

그는 무표정하게 말한다.

그들은 서로를 시험하듯이 주시한다.

"그리고는 크리스티나의 아버지도 세상을 떠나셨네. 유모와 이 세상 어딘가에 있을 자네, 이 성과 숲만이 남아 있었지. 나는 전쟁에서도 살아남았네."

그는 만족한 듯 말한다.

"나는 죽을 생각이 없었네. 결코 부러 죽음을 향해 달려가지 않았지. 이것은 진실일세. 달리는 말할 수 없네. 아직 할 일이 남아 있었어."

그는 신중하게 말한다.

"주변에서 사람들이 죽어갔어. 나는 갖가지 형태의 죽음을 보았네. 그리고 죽음의 가능성이 그렇게 많은 것에 놀랐지. 죽음에도 삶처럼 환상이 있다네. 공식적인 통계에 따르면, 수백만 명의 사람들이 전쟁에서 목숨을 잃었어. 전쟁의 참화가 전세계를 광분의 도가니로 몰아넣었지. 개인적인 의혹이나 물음, 흥분이 모조리 불타 없어지지 않을까 생각될 정도였네. 그러나 그렇지는 않았어. 인류 최대의 위기 한가운데서, 나는 개인적으로 해결할 일이 남아 있다는 것을 알았네. 그래서 교과서가 묘사하는 식으로 비겁하지도, 용감하지도 않았지. 아니, 제아무리 폭풍우가 몰아치고 전투가 치열해도 냉정을 잃지 않았어. 내게는 나쁜 일이 일어날 수 없다는 것을 알았기 때문일세. 어느 날 전쟁이 끝나고, 나는 집으로 돌아왔네. 그리고 기다렸지. 세월이 흐르고, 세계가 다시 한번 불붙었네. 나는 지난번과 같은 화재라는 것을 확신했지. 아무리 시간이 흐르고 전쟁이 날뛰어도 억누를 수 없는 물음이 내 영혼 안에서 뜨겁게 달아올랐네. 다시 수백만의 사람이 죽어갔어. 그러나 이 미친 세상에서도 자네는 사십일 년 전에 해결하지 못한 것을 나와 함께 해결하기 위하여 다른 기슭에서 집으로 돌아오는 길을 찾지 않았네. 인간의 본성은 아주 강한 것일세. 그것은 인생을 좌우한다고 생각하는 물음에 반드시 대답을 하거나 대답을 받아야만 하네. 그것은 다른 길을 모르네. 자네가 돌아온 것도, 내가 자네를 기다린 것도 다 그 때문일세. 어쩌면 이 세계는 종말을 맞을지도 모르네."

그는 나직이 말하면서 한 손으로 반원을 그린다.

"오늘 저녁 이곳에서처럼 전세계의 불이 꺼질지도 모르네. 전쟁 같은 여러 가지 불가항력적인 사건들이 원인일 수 있겠지. 전세계적으로 인간의 영혼 속에서

234

도 무엇인가가 무르익지 않았을까. 그래서 언젠가 한 번은 논의하고 해결할 수밖에 없는 것을 지금 격렬하게 논의하고 해결하는 것처럼 보이네. 그런 징후가 많이 보여. 어쩌면……"

그는 감정의 동요 없이 침착하게 말한다.

"어쩌면 우리가 태어나면서 물려받았고 잘 알고 있는 생활 방식, 이 집과 음식, 심지어는 오늘 저녁 우리 삶의 문제들을 논의하는 이 말들까지도 전부 과거의 것이 되어버릴지 모르겠네. 인간의 마음속에 긴장과 불만, 복수심이 너무 많이 쌓여 있어. 우리 마음을 한 번 들여다보세. 무엇이 들어 있는가? 시간이 누그러뜨리긴 했지만 지금도 불만이 붉게 달아오르고 있지 않은가. 우리 자신은 그러면서 세상과 사람들에게서는 왜 다른 것을 기대한단 말인가? 우리 두 사람, 인생의 황혼을 맞아 어느 정도 세상 이치에 눈뜬 우리도 복수를 원하는가. 도대체 누구를 향한 복수인가? 상대방에게, 아니면 이제는 존재하지 않는 한 인간의 추억에 대한 복수인가. 다 부질없는 충동일세. 그런데도 그것은 우리 심장 안에 살아 있네. 그렇다면 왜 세상은 다르기를 기대하는가. 무의식적인 갈망과 자의

235

적인 감정이 넘치고, 서로 다른 나라의 젊은이들끼리 총칼을 겨누고, 상대방이 누구인지도 모르면서 서로 폭력을 가하고, 모든 규범과 관습이 가치를 잃고, 충동만이 하늘 끝까지 넘실대는 이 세상에서 왜 다른 것을 기대한단 말인가…… 그래, 복수. 나는 전쟁에서 죽을 수도 있었지만 살아 돌아왔네. 복수할 기회를 기다렸기 때문이지. 어떻게 복수할 생각이냐고 자네는 묻겠지. 그리고 어떤 복수를 원하냐고? 눈빛을 보니, 자네 복수하겠다는 내 말을 이해 못하는구먼. 죽음을 눈앞에 둔 두 늙은이 사이에 복수가 무슨 가당치 않은 말이냐? 다들 세상을 떠난 이 마당에 복수가 다 무슨 소용이냐? 자네 눈빛이 그렇게 묻고 있구먼. 그렇다면 자네에게 대답하지. 그래, 나는 복수를 원하네. 지난 사십일 년 동안, 세상이 잠잠할 때도 전쟁이 날뛸 때도 오로지 그것을 위해서 살았네. 오로지 그 때문에 스스로 목숨을 끊지도 않았고, 다른 사람을 죽이지도 않았어. 다행이랄까, 그 때문에 아무도 죽이지 않았지. 이제, 내가 바란 복수의 순간이 왔네. 답변을 하기 위하여, 나와 함께 진실을 알아내기 위하여, 자네가 세상을 가로질러 전쟁을 뚫고 폭탄으로 오염된 바다를 넘어 이곳 범행 장소로 돌아온 것이 내 복수일세. 그것이 바로 복수지. 그리고 이제 자네가 답변할 차례네."

그는 마지막 몇 마디를 아주 작게 소리 죽여 말한다. 손님은 잘 듣기 위하여 몸을 앞으로 숙인다.

"자네 말이"

그는 말한다.

"맞을지도 모르지. 물어보게. 내가 대답할 수 있을지 모르겠네."

촛불은 더 희미해지고, 정원의 우람한 나무 사이로 새벽바람이 분다. 방 안은 거의 어둠에 싸여 있다.

17

"두 가지 물음에 대답해주게."

장군은 말한다. 그도 앞으로 몸을 숙이고, 친밀하게 속삭이듯 말한다.

"자네를 기다리는 지난 수십 년 동안, 나는 두 가지 물음을 생각해두었네. 이 물음에는 자네만이 대답할 수 있다네. 자네 표정을 보니, 그날 아침 사냥에서 자네가 정말로 나를 죽일 의도가 있었는지, 아니면 내가 착각한 것이 아닌지 알고 싶어한다고 생각하는구먼. 그것은 단순히 망상이 아니었을까? 결국 아무 일도 일어나지 않았네. 내로라 하는 사냥꾼도 본능의 놀림감이 될 수 있는 법이지. 그리고 내가 두번째로는, 자네가 크리스티나의 연인이었는지 물을 거라고 생각하겠지? 흔히 말하듯이 자네가 나를 속이고, 또 빈약한 말 뜻 그대로 그녀가 나를 속였는지? 이보게, 친구. 아닐세. 이제 나는 이 두 가지 물음에는 관심이 없네. 자네가 이미 대답했고, 시간이 대답했고, 또 크리스티나도 그녀 방식으로 대답했네. 모두가 대답했지. 자네는 사냥 다음날 이곳에서 도망치는 것으로, 말의 진실한 의미를 믿었던 옛날 사람들의 표현을 빌면 탈영하는 것으로 대답했어. 그런 것은 이제 내 물음의 대상이 아니네. 자네가 그날 아침 나를 죽이려 했다는 것을 확실히 알기 때문이지. 자네를 비난하는 것이 아닐세. 그보다는 차라리 자네에게 동정을 느끼네. 내적으로 묶여 있는 아주 가까운 사람을 어떤 이유에서든지 죽이기 위해 총을 겨누는 시련이 닥친다면, 틀림없이 몹시 끔찍할 게야. 그 순간 자네가 바로 그런 일을 겪었기 때문이지. 자네 부정하지 않나? 침묵을 지키는가? 어두워 자네 얼굴이 보이지 않는구면…… 촛불을 새로 밝혀보았자 무슨 의미가 있겠나. 어쨌든 지금, 복수의 순간이 온 지금 우리는 서로를 이해하고 또 잘 알고 있네. 우리 끝까지 마무리를 잘 지어봄세. 지난 수십 년 동안 단 한시도 나는 자네가 나를 죽이려 한 사실을 의심해본 적이 없네. 그리고 항상 자네를 불쌍하게 여겼지. 그 끔찍한 시련의 순간을 자네 입장이 되어 체험한 것처럼, 나는 자네가 느꼈을 심정을 속속들이 알고 있네. 그것은 자아 상실의 순간, 지하 세계의 힘이 세상과 심장을 지배하고 밤이 사악한 입김을 내뿜는 새벽의 순간이었어. 아주 위험한 순간이지. 나는 그 순간을 알고 있어. 그러나 이보게, 그런 것들은 다 경찰 조서를 꾸밀 때 필요한 재료에 지나지 않아. 내가 이미 몸과 마음으로 알고 있는데, 법정에서나 필요할 그러한 사실이 무슨 소용이 있겠나? 독신 남자의 칙칙한 비밀, 불륜의 지저분한 자료, 침실의 고리타분한 비밀, 이미 세상을 뜬 사람과 죽음을 향해 비틀거리는 노인들에 얽힌 추억, 이런 것들이 다 무슨 소용이란 말인가? 인생의 황혼에 선 지금, 불륜과 살인 미수를 변명하라고 자네에게 요구하고, 법적으로 시효가 지난 행위와 행위 미수에 대해 자백을 얻어내려 한다면, 그 얼마나 우스꽝스럽고 비참한 소송이겠나? 이 모든 것은 자네와 나, 우리의 젊은 날 추억과 우정을 손상시키는 부끄러운 짓일세. 그리고 어쩌면 있는 그대로 한번 다 이야기하면, 자네의 마음이 가벼워질지도 모르지. 그러나 나는 자네의 마음이 가벼워

지길 원하지 않아."

그는 조용히 말한다.

"내가 원하는 것은 진실이네. 이 진실은 벌써 옛날에 공소 시효가 지난 몇 가지 사실, 티끌이 되어 사라진 육신의 은밀한 정열이나 방황과는 상관이 없어. 이 육신이 사라진 지 오래고 남편이고 연인이었던 우리가 노인이 된 지금, 그게 다 무슨 소용이 있겠나. 우리 함께 지난 일들을 한번 돌이켜보고, 진실을 알아내려는 것일세. 그리고 나서 죽는 게야. 나는 여기 집에서, 자네는 런던이나 열대, 이 세상 어딘가에서 죽겠지. 인생의 종착역에서 진실과 거짓, 기만, 배반, 살인 미수나 살인이 다 무슨 소용이 있고, 나의 아내, 내 다시 없는 사랑, 삶의 희망이, 내 둘도 없는 절친한 친구와 언제, 어디서 몇 번이나 나를 속였는가 하는 문제가 무슨 대수겠는가? 자네가 이 슬픈 천박한 진실을 말하고, 모든 것을 자백한다고 치세. 그리고 또 어떻게 시작했으며, 어떤 시기와 질투심, 두려움과 슬픔이 서로의 품으로 뛰어들게 했고, 그녀를 안으면서 자네가 무엇을 느꼈고, 그 무렵 크리스티나의 영혼과 육신에 어떤 복수욕과 수치심이 살고 있었는지 정확하게 이

241

야기한다고 하세. 하지만 그런 것이 다 무슨 가치가 있겠나? 결국 모든 것은 아주 단순하네. 실제로 일어난 것과 어쩌면 일어날 수 있었던 것까지도 단순하기 그지없어. 우리 스스로 목숨을 잃거나 아니면 다른 사람을 죽일 수밖에 없다고 생각할 정도로 우리 마음을 불타오르게 했던 것, 이런 것은 다 티끌조차 못 되네. 나도 이런 심정을 알기 때문일세. 자네가 떠나고 크리스티나와 단둘이 남았을 때, 나 역시 더할 수 없이 고통스러운 이런 심정을 맛보았지. 하지만 그런 것은 전부 공동 묘지 위로 날리는 먼지보다도 못한 걸세. 입에 올리기조차 창피스럽고 무의미한 짓이야. 그리고 어쨌든 나는 경찰 조서를 처음부터 끝까지 읽은 것처럼 소상히 알고 있네. 법정에 선 검사처럼 소송 자료를 암송할 수도 있어. 그래서 어쨌단 말인가? 이 하잘 것없는 진실, 썩어 없어진 육신의 비밀이 무슨 소용이 있겠는가? 정조란 무엇이고, 우리는 사랑한 여인에게서 무엇을 기대했던가? 나는 살 만큼 살았고, 이것에 대해서도 많은 생각을 했네. 정조는 가공스러운 이기주의가 아닐까? 인간이 좇는 대부분이 그렇듯이 허영심의 산물이 아닐까? 우리는 정조를 요구하면서, 과연 상대방이 행복하길 원하는 것일까? 상대방이 정조라는 것에 구속되어 행복할 수 없는데도 정조를 요구한다면, 우리는 진정으로 사랑하는 것일까? 그리고 우리의 사랑이 상대방을 행복하게 하지 않는데도 정조나 희생 같은 것을 요구할 수 있는 것일까? 죽음을 앞둔 이제는 사십일 년 전 그때처럼 감히 이러한 문제들에 단호하게 대답할 용기가 없네. 크리스티나가 나를 자네 집에 혼자 두고 갔던 사십일 년 전 그때 말일세. 내 발길이 닿기 전 그녀는 수없이 그 집에 들렀고, 자네는 크리스티나를 맞아들이기 위하여 그 집에 온갖 것을 끌어 모았지. 그 집에서 내게 가장 가까웠던 두 사람이 그렇게 굴욕적이고 저속하게, 그래, 진부하게 나를 배반하고 기만했지. 그래, 지금은 그것을 진부하다고 느끼네. 그렇게 일어났기 때문일세."

그는 관심 밖의 지루한 일인 양 대수롭지 않게 말한다.

"지금 돌이켜보면, '기만'이라고 불리는 것, 어떤 상황이나 제삼자에 대한 육신의 슬픈 진부한 저항은 참으로 하찮은 것일세. 불의의 사고나 오해처럼 불쌍하다는 생각조차 드네. 그때는 그것을 몰랐네. 나는 무슨 큰 범죄의 증거라도 목격하는 심정으로 자네가 숨겨두었던 집에 서 있었지. 그리고 가구와 프랑스식 침대를 뚫어져라 바라보았어…… 그래, 젊은 나이에, 아내가 형제보다 가까운 둘도 없는 친구와 자신을 속였다면, 당연히 주변의 세계가 붕괴했다는 느낌이 들 수밖에 없네. 어쩔 수 없어. 누구나 다 그렇게 느끼는 법이지. 질투심과 실망, 허영심이 이루 말할 수 없이 사람의 마음을 아프게 할 수 있다네. 그렇지만 다 지나가네. 이해할 수 없고, 또 내일 당장은 아니지만, 아니, 몇 년이 지나도 분노는 쉽게 수그러들지 않지. 그렇지만 어쨌든 결국 모든 것은 지나가네. 우리네 인생처럼 지나가지. 나는 성으로 돌아와 내 방에서 크리스티나를 기다렸네. 그녀를 죽이기 위해서였든지, 아니면 그녀 입에서 진실을 듣고 용서하기 위해서였든지…… 어쨌든 나는 기다렸네. 저녁까지 기다렸지. 그래도 그녀는 돌아오지 않았어. 그래서 나는 수렵용 별장으로 갔네. 어린애 같은 짓이었어…… 세월이 지나 이제 나와 다른 사람들을 판단하려고 돌아보니, 이 교만, 기다림, 떠남이 어린애 같은 짓으로 보이네. 그러나 이보게, 사람이란 그렇다네. 아무리 정신을 바짝 차리고 경험이 많아도 타고난 본성이나 그 끈질긴 생각에 대해서는 어쩔 도리가 없어. 자네도 물론 잘 알고 있겠지. 나는 수렵용 별장으로 갔네. 자네도 그곳을 알지. 여기에서 멀지 않아. 그리고 팔 년 동안 나는 크리스티나를 보지 않았어. 죽은 시신이 된 다음에야 다시 보았지. 어느 날 아침, 그녀가 죽었으니 집에 와도 된다고 니니가 기별을 했네. 그녀가 병이 들었다는 것은 나도 알고 있었어. 내가 알기로, 그녀는 내로라 하는 의사들의 진료를 받았네. 그들은 몇 달씩 이곳 성에 거주하면서, 그녀를 구하기 위해 백방으로 애썼지. 어쨌든 그들 말로는 그랬네. '오늘날 의학의 힘으로 할 수 있는 최선을 다했습니다.' 말은 그랬어. 그리고 사실 그들의 허풍과 허영심에 방해가 되지 않는 한 그들의 불완전한 지식으로 할 수 있는 모든 것을 다 했을 걸세. 팔 년 동안 매일 저녁 나는 성에서 일어나는 일에 대해 보고를 받았네. 크리스티나가 건강했을 때도 그랬고, 훗날 그녀가 앓아 누워 죽기로 결심했던 때도 그랬어. 나는 그런 결심을 할 수 있다고 생각하네. 아니, 지금은 확실하게 그렇다고 알고 있네. 그러나 나는 크리스티나를 도울 수 없었어. 비

245

밀이 우리 사이를 가로막고 있었기 때문이지. 그것은 용서할 수도 없고, 무엇이 숨어 있는지 알 수 없기 때문에 때가 되기 전에 열어서도 안 되는 비밀이었어. 고통이나 죽음보다 더 나쁜 것이 있네. 자부심을 잃어버리는 경우가 더 나쁘다네. 내가 크리스티나와 자네, 그리고 나 사이의 비밀을 두려워했다면 바로 그 때문일세. 죽음마저도 어쩔 도리가 없을 정도로 고통스럽고 아프게 하는 것이 있네. 인간이기 위해서 꼭 필요한 자존심을 한 사람 아니면 두 사람이 함께 상처 입히는 경우라네. 자네는 허영심이라고 말하겠지. 그래, 허영심…… 그렇지만 인간으로서 영위하는 삶의 깊은 의미는 바로 이 자존심에 있네. 그래서 나는 그 비밀을 두려워했네. 사람들이 저속한 것, 비겁한 것, 가리지 않고 온갖 타협을 하는 것도 그 때문일세. 주변의 사람들을 한번 돌아보게. 어디에서나 적당히 해결하려는 게 눈에 띌 걸세. 어떤 사람은 비밀이 두려워 사랑한 여자 곁을 떠나고, 남아 있는 사람은 침묵을 지키며 끊임없이 대답을 기다리지…… 내 눈으로 직접 그것을 보았네. 그리고 또 몸으로 체험했지. 그것을 비겁하다고는 할 수 없네. 그보다는 본능의 최후

246

방어 가능성이라고 할 수 있지. 나는 집으로 가서 저녁까지 기다렸고, 그런 다음 수렵용 별장으로 건너가 팔 년 동안 말 한 마디, 소식 한 줄이 오기를 기다렸네. 그러나 크리스티나는 끝내 오지 않았어. 별장에서 이곳 성까지는 마차로 두 시간 거리일세. 그러나 이 두 시간, 이 이십 킬로미터가 나한테는 시간적으로나 공간적으로 자네의 열대보다 더 먼 거리였어. 나는 그런 사람이네. 나는 그렇게 교육받았고, 그래서 매사가 그런 식이었지. 크리스티나가 소식을 보냈더라면, 어떤 소식이든 그녀가 원하는 대로 되었을 것이네. 내가 자네를 데려오길 원했더라면, 나는 온 세상을 뒤져서라도 자네를 찾아서 데려왔을 걸세. 내가 자네를 죽이길 원했더라면, 나는 세상 끝까지라도 자네를 찾아가서 죽였을 걸세. 이혼을 원했더라면, 이혼했을 걸세. 그러나 그녀는 아무것도 원하지 않았어. 그녀도 그녀 방식대로, 여성적인 방식으로 인격이 있었기 때문일세. 그녀 역시 사랑한 사람들에게서 상처를 받았네. 한 사람은 운명적인 결합에 자신을 불태울 수 없었기 때문에 정열 앞에서 도망쳤고, 다른 한 사람은 진실을 알면서도 기다리고 침묵했지. 우리 남자

247

들이 아는 것과는 다른 의미에서 크리스티나도 지조가 있었네. 그 당시 자네와 나만이 아니라 그녀도 시련을 겪었어. 운명이 우리를 덮쳐 강타했고, 우리 세 사람은 함께 운명을 짊어졌네. 팔 년 동안 나는 그녀를 보지 않았고, 팔 년 동안 그녀는 나를 부르지 않았지. 우리에게는 시간이 얼마 남지 않았어. 그래 하고 싶은 말을 한 번은 꼭 해야겠다고 생각하면서 조금 전 자네를 기다리고 있는데, 유모가 뜻밖의 소리를 했네. 그녀가 죽음의 문턱에서 나를 찾았다는 것이었어. 자네가 아니라…… 뭐 흡족해서 이런 이야기를 하는 것은 아닐세. 하지만 또 흡족한 마음이 전혀 없지 않다는 것도 명심하게. 그녀가 나를 찾았다면, 굉장한 일은 아니지만 그래도 중요하네. 그러나 나는 저세상 사람이 된 다음에야 그녀를 다시 보았네. 죽은 모습이 참 아름다웠지. 고독한 세월에도 아름다움과 젊음을 잃지 않았어. 병마도 그녀의 남다른 아름다움, 깊이 있는 조화를 건드리지 못했네. 하지만 그런 일이 이제 와서 자네하고 무슨 상관이 있겠나."

그의 어투가 오만하게 들린다.

"자네는 바깥 세상에서 살았고 크리스티나는 죽었

네. 나는 자존심이 상해 고독하게 살았고 크리스티나는 죽었지. 그녀는 우리 두 사람에게 자신이 할 수 있는 한 대답했네. 이보게, 세상을 떠나는 사람은 최후의 올바른 대답을 하기 때문일세. 나는 죽은 자들만이 최후의 답변을 할 수 있다고 생각하네. 사실이 그랬어. 그녀가 팔 년이란 세월 후 죽는 것 말고 무슨 말을 할 수 있었겠나? 더 이상 할말이 없었을 걸세. 그리고 그녀는 우리 둘 가운데 한 사람과 이야기하게 되었을 경우, 자네나 내가 던질 모든 물음에 그것으로 답변했네. 그래, 죽은 자들은 최후의 답변을 하지. 그러나 이보게, 그녀는 우리와 이야기하려 하지 않았어. 나는 이따금 우리 세 사람 중에서 배반당한 사람은 그녀라는 생각을 하네. 그녀와 자네에게 기만당한 나나, 그녀와 함께 나를 기만한 자네가 아니고 말일세. 기만이라니, 이 무슨 당치 않은 말인가! 한 인간이 처한 상황을 깊은 뜻 없이 기계적으로 정의내리는 낱말들이 있네. 그러나 지금 우리 두 사람처럼 모든 것이 끝나는 경우, 그런 낱말들이 무슨 소용이 있겠나. 기만, 부정, 배반, 관계된 사람이 죽음으로써 이 낱말들의 진실한 의미를 해명하고 답변했다면, 그런 것들은 그저

249

말에 지나지 않네. 말이 아닌 것, 곧 말없는 현실은 크리스티나는 죽고 우리 두 사람은 살아 있다는 것일세. 내가 그것을 깨달았을 때는 이미 늦은 뒤였어. 그때도 여전히 기다림과 복수심만이 남아 있었지. 기다림이 지나가고 복수의 순간이 온 지금, 놀랍게도 나는 우리가 서로에게서 알아내고 고백하거나 부인할 수 있는 모든 것이 얼마나 절망적이고 무가치한가를 느끼네. 사람은 오로지 실제 현실만을 붙잡을 수 있어. 지금 나는 그것을 붙잡네. 시간의 속죄 과정이 분노의 기억을 정화시켰지. 요즘 들어 이따금 크리스티나가 다시 눈에 보이네. 꿈속에서뿐 아니라 깨어 있을 때도. 챙 넓은 커다란 플로렌스 모자를 쓰고 늘씬한 몸매에 흰 원피스 차림으로 정원을 거닐거나 온실에서 나오거나 애마하고 이야기하는 모습이 눈에 선하네. 오늘 오후 자네를 기다리면서 잠깐 눈을 붙인 틈에도 그녀가 보였어. 비몽사몽간에 그녀를 보았지."

노인은 부끄러운 듯 말한다.

"아주 오래 전 모습이었어. 그리고 오랫동안 마음으로 알았던 것을 오늘 오후 이성으로도 깨달았네. 부정, 기만, 배반. 나는 그것들을 이해했네. 이제 그것

250

들에 대해 무슨 말을 할 수 있겠나? 사람은 서서히 늙어가네. 처음에는 인생과 사람들에게서 느끼는 기쁨이 늙어가지. 이보게, 정말로 차츰 그렇게 된다네. 모든 것의 의미를 알게 되지. 세상만사 답답할 정도로 지루하게 되풀이되거든. 그것도 나이와 관계있겠지. 유리잔은 그저 유리잔이라는 것을 아네. 그리고 인간, 이 가련한 존재도 무엇을 하든지 죽음을 면할 수 없는 인간에 지나지 않다는 것을 알지. 그리고 나서 육신이 늙어가네. 단번에 늙지는 않아. 그게 아니라, 처음에는 눈이나 다리, 심장이 늙네. 단계적으로 늙어간다네. 그리고는 별안간 영혼이 늙기 시작하지. 육신은 늙었을지 몰라도, 영혼은 동경과 추억을 그대로 간직하고 있기 때문일세. 영혼은 여전히 동경하고, 기뻐하고, 또 기쁨을 희구하지. 기쁨에 대한 동경마저 사라지면, 추억이나 허영심만이 남네. 그런 다음 정말로 영영 늙는다네. 어느 날 잠에서 깨어나 눈을 비비지. 그런데 무엇 때문에 깨어났는지 도무지 알 수 없는 게야. 하루가 어떠할지 너무 잘 알지. 봄 아니면 겨울이고, 삶의 자질구레한 일들, 날씨, 하루의 일과. 더 이상 놀랄 일이 없어. 예기치 못한 일, 특별하거나 끔찍한 일도 대수롭지 않게 생각되네. 인생의 모든 화복을 알고, 모든 것을 예상할 수 있고, 좋든 나쁘든 더 이상 알고 싶은 게 없기 때문이지. 그것이 노년이라네. 마음 깊이에는 추억이나 뭔가 삶의 목표 같은 게 아직 살아 있지. 누군가를 한 번 더 만나보고 싶다든가, 말하거나 알고 싶은 것이 있네. 그리고 그 순간이 올 거라는 것도 정확하게 알지. 그러나 진실을 알고 진실에 대답하는 것도 몇십 년 기다리면서 생각했던 것과는 달리 갑자기 시들해지네. 차츰 세상을 이해하고 그리고는 죽는다네. 여러 가지 현상들과 인간을 움직이는 동인을 이해하지. 무의식의 상징이랄까……인간은 생각을 상징으로 전달하기 때문일세, 자네는 그런 생각이 들지 않았나? 본질적인 것에 대해서는 마치 중국어 같은 낯선 언어를 사용하는 것 같아. 그래서 이 언어를 실제 현실의 언어로 옮겨야 할 것 같은 생각이 들지. 인간은 자기 자신에 대해서 아무것도 모르네. 늘 자신의 욕구에 대해서만 이야기하고, 그러면서 무의식적으로 어쩔 수 없이 자신을 드러낸다네. 인간의 거짓말을 인식하여, 사람들이 생각하고 실제로 원하는 것과는 항상 다르게 말하는 것에 흥미를 가

252

지고 주의하기 시작하면, 삶이 자못 흥미로워지지…… 그렇게 언젠가는 진실을 인식하게 되고, 그러면 나이가 들어 죽음을 코앞에 두었다는 뜻이네. 그러나 그것도 더 이상 마음을 아프게 하지 않아. 크리스티나가 나를 속였다, 이 얼마나 유치한 말인가! 그녀는 하필이면 자네와 함께 나를 속였다, 이 얼마나 가없은 모반인가! 그래, 그렇게 놀란 눈으로 보지 말게. 동정하는 마음으로 이렇게 말하는 것일세. 난파선의 잔해, 배반의 증표들이 시간에 밀려 내 고독한 섬으로 떠내려온 훗날, 많은 것을 알고 또 전부 이해하게 되었을 때, 나는 동정하는 마음으로 과거를 돌아보았네. 그리고 내 친구와 내 아내, 두 모반자가 죄의식에 쫓기고 자책감에 마비되면서도 끈질긴 정열에 불타 불행하게 목숨을 걸고 나에게 폭동을 일으키는 광경을 보았지…… 가련한 사람들! 나는 생각했네. 그것도 한 번이 아니었지. 나는 자네들이 만나는 장면을 자세히 떠올려보았네. 은밀한 만남이 거의 불가능한 소도시 변두리의 집에 마치 배 안에서처럼 갇혀 있거나 남들 눈에 띌까 봐 전전긍긍하는 모습, 하인과 심부름꾼, 주변 사람들 때문에 한시도 마음 편할 날 없는 사랑, 이 가슴 떨림, 나와의 숨바꼭질, 승마나 테니스 아니면 음악이라는 핑계하에 만나는 십오 분, 우리 사냥꾼들이 각종 밀렵자들의 망을 보는 숲에서의 산보…… 나를 생각할 때마다 자네들 심장을 불태우는 증오를 나는 헤아릴 수 있네. 자네들은 발걸음을 내딛을 때마다 남편, 영주, 귀족으로서의 내 권위와 사회적 경제적 지위, 수많은 내 하인에 부딪쳤지. 그중에서도 모든 사랑과 증오를 넘어 자네들이 나 없이는 살수도, 죽을 수도 없다고 명령하는 의존심이 가장 큰 장해였어. 너희 불행한 연인들은 나를 속일 수는 있었지만 피할 수는 없었지. 내가 다른 종류의 인간일지는 모르지만, 수정이 물리적인 법칙에 따라 결합하듯이 우리 세 사람은 하나로 묶여 있었네. 항상 쫓기는 듯한 심정, 숨바꼭질. 이런 모든 고달픔을 더 이상 견딜 수 없어, 어느 날 아침 자네는 나를 죽이기 위해 총을 들지만 손에서 힘이 빠지네. 자네가 무엇을 할 수 있겠는가? 크리스티나하고 도망을 친다? 자네 직위를 포기해야 했을 걸세. 자네도, 크리스티나도 가난하네. 나한테서는 한 푼도 받을 수 없네. 아니, 자네는 그녀와 도망칠 수도, 함께 살 수도 없고, 또 결혼도 할 수 없네. 그녀의 연인으로 계속 지내는 경우 생명이 위험하네. 죽음보다 더 위험하지. 자네는 발각되어 폭로되는 경우를 끊임없이 계산해야 하네. 그리고 하필이면 친구이며 형제 같은 나한테 변명할 일이 두렵네. 자네는 이 위험을 오래 버티지 못하지. 그래서 때가 되어 우리 사이에 어떤 식으로든 일이 드러나게 된 어느 날 총을 겨누네. 훗날 이 순간을 되돌아볼 때마다, 나는 진심으로 자네를 불쌍하게 생각했어. 가까운 사람을 죽이는 것은 더없이 어렵고 힘든 일일 게야."

그는 대수롭지 않은 일인 듯 말한다.

"자네는 그런 일을 할 만큼 강한 위인이 못 되네. 아니면 절호의 기회를 놓쳤든지. 이제 자네로서는 어쩔 도리가 없네. 절호의 기회라는 것이 존재하기 때문일세. 때가 되면 일이 저절로 이루어지지. 우리가 행위와 현상으로 시간을 채울 뿐만 아니라 단 한순간, 특정한 시각이 가능성을 가져올 수도 있네. 그 순간이 지나가면, 자네로서는 어쩔 도리가 없네. 자네는 무기를 든 손을 내려뜨리지. 그리고 다음날 아침 열대로 떠나네."

그는 손가락을 유심히 살펴본다.

"그러나 우리는 이곳에 남았지."

그는 더 중요한 일인 양 여전히 손가락을 살펴보면서 말한다.

"크리스티나와 나, 우리는 이곳에 남았어. 우리는 이곳에 있고, 사람들 사이에 소문이 퍼지듯이 알 수 없는 세상 이치에 따라 모든 것이 드러나네. 비밀을 말하거나 누설하는 사람은 없지만 걷잡을 수 없이 드러나지. 또 자네가 떠났기 때문에 다 드러나네. 우리는 이곳에 남았네. 자네가 순간을 놓쳤는지, 아니면 순간이 자네를 놓쳤는지 모르지만, 어찌되었든 결과는 매한가지일세. 나도 살아 있고, 크리스티나도 한 동안은 다른 도리가 없기 때문에 살아 있지. 그녀는 기다릴 수밖에 없네. 그녀와 하나로 묶여 있지만 그녀를 피해간 두 남자, 자네와 내가 끝까지 입을 다물었는지 알아내기 위해서라도 그녀는 기다려야 하네. 그녀는 이 침묵의 진실한 의미를 인식하고 알아내기 위해서 기다리지. 그리고는 세상을 떠나네. 그러나 나는 이곳에 남아서 모든 것을 알면서도 모르는 것이 있네. 이제 내 물음에 답변을 들을 순간이 왔네. 자, 대답해주게. 자네가 그날 아침 사냥에서 나를 죽이려 한 사실을 크리스티나가 알고 있었나?"

그는 사무적으로 조용히 묻지만, 어른들에게서 별들이나 먼 세계의 비밀을 듣고 싶어하는 어린아이들처럼 목소리에 긴장된 호기심이 담겨 있다.

18

　　손님은 꿈쩍하지 않는다. 그는 두 손으로 머리를 감싼 채 팔꿈치로 의자 팔걸이를 받치고 있다. 숨을 깊이 들이마시면서 몸을 앞으로 굽히고, 손으로 이마를 문지른다. 그가 대답을 하려는 찰나, 장군이 말을 가로막는다.

　　"미안하네."

　　그는 말한다.

　　"이보게, 나는 묻고 싶었던 것을 드디어 물었네."

　　그는 변명하려는 듯이 서둘러 말한다.

　　"나로서는 물을 수밖에 없었어. 그런데 말을 하고 나니, 잘못 물어서 자네를 곤란하게 했다는 느낌이 드네. 내 물음이 잘못되었는데도, 자네가 대답하고 진실을 말하려고 하기 때문일세. 물음이 마치 비난처럼 들리네. 새벽에 숲에서 있었던 순간이 지하 세계의 부추기는 목소리들 때문에 우연히 일어난 게 아니라는 의심을 지난 몇십 년 동안 떨쳐버릴 수 없었다고 시인하네. 아니, 이 순간에 앞서 다른 많은 순간, 밝은 대낮의 냉정한 순간들이 있었다는 의심이 나를 괴롭히네. 자네가 도주한 것을 안 크리스티나가 '겁쟁이'라고 말했기 때문일세. 그녀는 다른 말은 안 했네. 그리고 그것은 내가 그녀에게서 들은 마지막 말이면서, 또한 자네에 대한 그녀의 최후 선고였어. 그 말이 내 뇌리에서 떠나지 않았네. 겁쟁이, 도대체 왜? 나는 훗날, 세월이 아주 많이 흐른 훗날 그 말의 뜻을 곰곰이 생각했네. 그가 무엇에 그리 비겁했을까? 삶에? 우리 셋이 사는 삶에, 아니면 자네들 둘만의 삶에? 아니면 죽음에 비겁했을까? 그는 크리스티나와 함께 살 용기도, 같이 죽을 용기도 없었을까? 그는 그것을 원하지 않았을까? 이렇게 나는 생각을 거듭했네. 아니면 삶이나 죽음, 도주나 배반 아닌 다른 무엇에 비겁했을까? 내게서 크리스티나를 빼앗아가거나 크리스티나를 포기하기에 비겁한 것이 아니라, 내 아내와 내 둘도 없는 친구, 그 두 사람이 생각해내고 의논한 행위,

경찰이 확정지을 수 있는 명백한 행위를 하기에 비겁한 것이 아니었을까? 자네가 너무 비겁해서 계획이 실패한 것일까? 내 평생 아직 대답을 듣고 싶은 것이 있다면, 바로 이것이네. 그러니 조금 아까 질문은 잘못된 것일세, 미안하네. 그래서 자네가 대답하려 했을 때 말을 가로막았어. 이 물음에 대한 대답은 인류와 우주의 관점에서 보면 하찮은 것이지만, 이제 마침내 진실을 알고 싶은 나에게는 중요하네. 비겁하다고 자네를 비난한 그녀가 흙으로 돌아간 지금, 자네가 도대체 무엇에 비겁했는지 알고 싶네. 이것에 대한 대답이 내 여러 가지 물음에 마침표를 찍는다면 나는 진실을 아는 것이고, 이 한 가지를 확실하게 알지 못한다면 나는 아무것도 모르는 것이기 때문일세. 나는 지난 사십일 년 동안 무無와 전부 사이에서 살았네. 자네 말고는 아무도 나를 도울 수 없어. 나는 이대로 죽고 싶지 않아. 크리스티나가 단언했듯이 자네가 사십일 년 전에 비겁하지 않았더라면, 차라리 더 낫고 인간다웠을 걸세. 그래, 자네 둘이서 함께 일을 꾸미고 나를 살해할 계획을 세운 다음, 자네의 비겁함 때문에 계획이 성사되지 못했다는 의심, 시간이 지울 수 없는 이 의심을 총알이 지웠더라면 더 인간적이었을 걸세. 나는 이것이 알고 싶네. 기만, 사랑, 악행, 우정이니 하는 나머지 것들은 그저 다 말이고 거짓 형상에 지나지 않네. 이 문제 앞에서 그런 것들은 의미가 없어. 나는 다만 이 한 가지 관심밖에는 없네. 자네들 관계가 실제로 어떠했으며, 또 다른 세세한 일들도 전혀 알고 싶지 않아. '왜'와 '어떻게'에는 관심이 없어. 한 남자와 한 여자, 두 사람 사이에 '왜'와 '어떻게'는 어쨌든 한탄스러울 정도로 천편일률적일세. 처음부터 끝까지 경멸스러울 정도로 간단하지. 그것이 가능했고 일어날 수 있었으니, '그 때문에' '그렇게'이지. 이것은 진실일세. 끝에 가서 자질구레하게 묻는 것은 의미가 없어. 그러나 근본적인 것, 진실은 알아야 하네. 그렇지 않다면 무엇 때문에 목숨을 부지했단 말인가? 무엇 때문에 사십일 년이란 세월을 견디었겠나? 그렇지 않다면 내가 무엇 때문에 자네를 기다렸겠나? 나는 신의 없는 형제, 도주한 친구로서 자네를 기다리지 않았어. 아닐세, 나 자신 재판관이면서 희생자가 되어 피고로서 자네를 기다렸네. 마침내 피고가 내 앞에 앉아 있는 지금, 나는 묻고 피고는 대답하려 하네. 그러나

261

과연 내 물음은 올바른 것이었고, 피고가 진실을 말하기 전에 알아야 하는 것을 모두 말했는가? 이보게, 크리스티나 역시 대답했기 때문일세. 그녀는 죽음으로만 대답한 게 아니네. 그녀가 세상을 떠나고 몇 년이 지난 어느 날, 나는 노란 우단으로 장정한 일지를 우연히 발견했네. 사냥을 했던 날 밤, 자네에게 결정적인 그날 밤 그녀의 책상 서랍에서 찾지 못한 일지 말일세. 그것은 어디론가 사라졌고, 자네는 다음날 멀리 떠났지. 그리고 나는 크리스티나하고 두 번 다시 말 한마디 나누지 않았어. 그러다 그녀가 저 세상 사람이 되었고, 자네는 먼 곳에서, 나는 이 집에서 살았네. 크리스티나가 세상을 뜬 후 이곳으로 돌아왔기 때문이지. 내가 태어나고 내 조상들이 살았고 또 숨을 거둔 방에서 나도 살다가 죽을 생각이었어. 그리고 앞으로 그렇게 될 걸세. 우리의 의지와 상관없이 세상사에는 순리가 있기 때문이지. 그러나 그 노란 우단 장정의 일지 역시 수수께끼처럼 살아 있었네. 크리스티나의 비밀스러운 내면, 그녀의 사랑과 의혹에 대해 두려울 정도로 숨김없이 말하는 그 별난 '정직의 책'도 살아 있었어. 많은 세월이 흐른 어느 날, 나는 크리스티나의 물건들 틈에서 그것을 발견했네. 푸른색 끈으로 동여맨 그 일지는 상아에 그린 그녀 어머니의 초상화, 그녀 아버지의 도장, 나한테 받은 말린 서양란 한 송이와 함께 상자 안에 들어 있었어. 그녀 아버지의 반지로 봉인되어 있었지. 이것이 그 일지일세."

그는 말하면서 일지를 꺼내 친구에게 내민다.

"크리스티나가 남긴 것일세. 나는 열어보지 않았네. 그녀가 그걸 허락하는 유언 같은 것을 남기지 않았기 때문일세. 이 유산을 어떻게 할 것이지 전혀 설명이 없었어. 그래서 나는 무덤 저편에서 오는 이 고백이 자네나 나, 둘 중에서 누구를 향한 것인지 알 수 없었네. 필경 여기에는 진실이 씌어 있을 걸세. 크리스티나는 절대로 거짓말하지 않았어."

그는 경외하는 어조로 근엄하게 말한다.

그러나 친구는 일지를 향해 손을 내밀지 않는다.

그는 머리를 두 손으로 감싸고 미동 없이 앉아 있다. 그리고 푸른 끈으로 묶고 푸른 봉인을 찍은 노란 우단 장정의 작은 일지를 응시한다. 그는 눈썹 하나 꿈쩍하지 않는다.

"우리 크리스티나의 전언을 같이 읽지 않으려나?"

263

장군이 묻는다.

"아닐세."

콘라드는 말한다.

"읽고 싶지 않은가?"

장군은 윗사람처럼 차갑고 오만하게 묻는다.

"아니면 읽을 용기가 없나?"

그들은 일지를 사이에 두고 몇 초 동안 서로의 눈을 응시한다. 장군은 콘라드를 향해 여전히 일지를 내밀고 있다. 그의 손은 떨리지 않는다.

"이 물음에"

손님은 말한다.

"대답하지 않겠네."

"이해하네."

장군은 묘하게 만족한 어조로 말한다.

그는 천천히 손을 들어 얇은 공책을 다 타고 숯만 남은 난로에 던진다. 숯은 희미하게 달아오르기 시작하면서 제물을 받아들이고, 연기를 내며 서서히 책의 재료를 빨아들인다. 잿더미에서 작은 불꽃이 인다. 불꽃이 예기치 않은 먹이에 기뻐하는 양 다시 살아나 혀를 널름거리며 너울대기 시작하는 것을 그들은 꼼짝 않고 주시한다. 불꽃이 높이 치솟아 오르고, 봉랍이 녹는다. 노란 우단이 쓴 연기를 내며 타오른다. 보이지 않는 손이 상아빛 책장을 넘긴다. 불꽃 사이에서 갑자기 크리스티나의 필체, 지금은 먼지가 되어버린 손이 한때 종이에 남긴 길쭉길쭉한 활자들이 보인다. 옛날 그것을 종이에 썼던 손처럼, 이제 활자, 종이, 책이 재로 변한다. 숯덩이 사이에 검은 재만이 남아 있다. 그것은 물결 무늬 흑사 베일처럼 부드럽게 빛난다.

그들은 말없이 검은 비단 같은 재를 응시한다.

"자,"

장군이 말한다.

"자네가 내 물음에 대답할 차례네. 이제 자네를 반박할 증인도 없어. 자네가 그날 아침에 숲에서 나를 죽이려 한 것을 크리스티나가 알고 있었나?"

"이 물음에도 대답하지 않겠네."

콘라드는 말한다.

"알았네."

장군은 관심없는 듯 웅얼거린다.

19

방 안에 한기가 돈다. 아직 날은 밝지 않았지만, 반쯤 열린 창문을 통해 백리향 향기 실린 새벽의 신선한 공기를 느낄 수 있다. 장군은 몸을 웅크리며 손을 비빈다.

날이 새기 전 지금, 두 사람은 바싹 늙어 보인다. 납골당의 덜렁거리는 해골들처럼 누렇게 뼈만 앙상한 듯하다.

별안간 손님이 기계적으로 손을 들어 피곤한 듯 시계를 들여다본다.

"이제"

그는 나지막이 말한다.

"할말을 다 한 것 같네. 가야겠어."

"가고 싶으면"

장군은 정중하게 말한다.

"그렇게 하게. 마차가 기다리고 있네."

두 사람은 자리에서 일어나 자신들도 모르게 벽난로 가까이 다가간다. 그들은 다 타버리고 숯만 남은 난로에 뼈마디 앙상한 손을 녹이려고 몸을 숙인다. 그제야 온 몸이 얼어붙은 것을 깨닫는다. 예기치 않게 밤사이 날씨가 차가워진 것이다. 인근 발전소의 불을 꺼버린 뇌우가 성 바로 옆을 지나갔다.

"그러면 런던으로 돌아가는 건가."

장군이 혼자 말하듯이 이야기한다.

"그렇네."

손님은 말한다.

"그곳에서 살려나?"

"살다가 죽지."

콘라드는 말한다.

"그렇구먼."

장군은 말한다.

"당연히 그렇겠지. 내일 하루 더 머무르지 않겠나? 어디 둘러보거나 누군가 만나보지 않으려나? 자네 아직 무덤도 보지 않았네. 니니도 못 보았고."

그는 호의적으로 말한다.

그는 적당한 인사말을 찾지만 생각나지 않는 듯 더듬거린다. 그러나 손님은 침착함과 여유를 잃지 않는다.

"아닐세."

그는 말한다.

"만나고 싶은 사람도, 보고 싶은 것도 없어. 니니에게 인사 전해주게."

그는 정중하게 말한다.

"고맙네."

장군은 말한다. 그들은 문 쪽으로 걸어간다. 장군이 문 손잡이를 잡는다. 사회적인 관습에 따라 작별인사를 하기 위해 몸을 약간 숙인 채, 그들은 서로를 마주보고 서 있다. 두 사람은 방 안을 한번 더 둘러본다. 그 방에 다시는 발 디디는 일이 없을 거라는 것을 둘 다 느낀다. 무엇인가를 찾는 사람처럼 장군이 눈을 깜박거린다.

"촛불."

그는 벽난로 위의 그을음 나는 촛불에 시선이 닿자 멍하니 말한다.

"보게나, 초가 다 탔네."

"두 가지 질문."

콘라드가 불쑥 웅얼거린다.

"자네 물어볼 것이 두 가지 있다고 했네. 나머지 하나는 뭔가?"

"나머지 하나?"

장군은 말한다. 그들은 행여 엿듣는 사람이 있을까 두려워하고 밤의 어둠을 무서워하는 공범자들처럼 서로에게 몸을 숙인다.

"두번째 물음?"

그는 속삭인다.

"하지만 자네는 첫번째 물음에도 대답하지 않았어…… 이보게."

그는 아주 작은 소리로 말한다.

"크리스티나의 아버지는 살아남았다고 나를 비난하셨네. 그분의 말씀은 그냥 모든 것에서 살아남았다는 뜻이었어. 사람은 죽음으로만 대답하는 게 아니기 때문일세. 죽음은 좋은 대답이지. 하지만 살아남는 것으로도 대답할 수 있네. 그녀는 죽었어도 우리 두 사람은 살아남았지."

그는 친밀하게 말한다.

"자네는 떠나고 나는 여기 머무르고, 우리는 그렇게 살아남았네. 비겁했는지 맹목적이었는지, 아니면 자존심이 상했는지 현명했는지 모르지만, 어쨌든 우리 두 사람은 살아남았어. 자네는 우리에게 그럴 만한 이유가 있었다고 생각하지 않나? 우리가 무덤 저편의 그녀에게 할 일을 다 못했다고 생각하지 않는가? 그녀는 우리 두 사람보다 훨씬 인간적이었어. 우리 두 사람은 살아 있는데, 그녀는 죽음으로 우리에게 답변했기 때문에 더 인간적일세. 이것은 변명의 여지가 없네. 엄연한 사실이지. 더 오래 사는 사람은 언제나 배반자라네. 우리는 살아남아야 한다고 생각했어. 이것은 변명의 여지가 없어. 그래서 그녀가 죽었기 때문일세. 자네는 떠났고, 남아 있는 나는 그녀에게 가지 않았지. 그녀의 일부나 다름없었던 우리 두 남자가 여자로서 참아낼 수 있는 이상으로 비열하고 거만하고 비겁하고 오만하게 침묵했기 때문에 그녀가 죽었네. 우리 두 사람은 그녀에게서 달아났으며, 살아남는 것으로 그녀를 배반했지. 이것은 진실이네. 런던에서 자네는 모든 것이 끝나는 최후의 고독한 시간에 그것을 알게 될 게야. 이 집에 있는 나도 그것을 알게 될 걸세. 아니, 나는 벌써 알고 있네. 누군가를 죽일 수 있을 정도로 사랑하고 목숨을 바칠 만큼 가까운 사람보다 오래 산다는 것은 뭐라 이름붙일 수 없는 은밀한 범죄이네. 형법서에는 그런 것이 없지. 그러나 우리 두 사람은 알고 있어."

그는 냉정하게 말한다.

"우리 두 사람은 자존심이 상해 비겁하고 오만하게 영리한 척 굴었지만 결국 아무것도 얻지 못했다는 것도 알고 있네. 우리 세 사람은 죽으나 사나 어떤 식으로든 서로 결합해 있는데, 그녀는 죽고 우리는 살아 있기 때문일세. 이것을 이해하기는 아주 어렵네. 그러나 일단 이해하면, 이상하게도 불안한 마음에서 벗어날 수 없네. 그녀가 죽었는데 자네는 무엇을 위해 살아 있나? 그래서 얻은 게 무엇인가? 고통스러운 상황에서 벗어났는가? 자네에게 소중한 여인이 이승에 살아 있고 그 여인이 마찬가지로 소중한 친구의 아내라면, 삶의 이런 진실이 문제된다면 도대체 주변 상황이 무슨 소용이란 말인가? 세상 사람들이 무슨 생각을 하든 뭐가 그리 대수란 말인가? 아닐세."

그는 말한다.

"결국 세상은 하나도 중요하지 않아. 우리의 마음속에 남아 있는 것만이 중요하네."

"우리의 마음속에 무엇이 남아 있나?"

손님이 묻는다.

"두번째 물음."

장군은 대답한다. 그는 여전히 문 손잡이를 놓지 않고 있다.

"두번째 물음은 우리가 과연 우리의 영리함, 오만, 자만심으로 무엇을 얻었는가 하는 것일세. 이것이 두번째 질문일세. 우리 삶의 진실한 내용은 죽은 여인을 향한 이 고통스러운 그리움이 아닐까. 어려운 질문이라는 것은 알고 있네. 나는 답변할 수 없네. 이 세상 모든 것을 겪고 보았지만 이 물음에만은 답변할 수 없어. 나는 평화와 전쟁도 보았고, 영광과 비참함도 보았어. 자네가 얼마나 비겁하고 내가 얼마나 오만한지도 보았고, 전투와 화해도 보았지. 우리 존재의 깊은 밑바닥에서, 우리가 하는 모든 행위의 의미는 우리를 누군가에게 묶는 결합에 있지 않을까. 결합이든 정열이든 그것은 자네가 원하는 대로 부르게. 이것이 질문이냐고? 그렇네, 이것이 질문일세. 이것에 대해 자네가"

그는 엿듣는 사람이 있을까 두려워하듯이 소리 죽여 말한다.

"어떻게 생각하는지 말해주게. 어느 날 우리의 심장, 영혼, 육신으로 뚫고 들어와서 꺼질 줄 모르고 영원히 불타오르는 정열에 우리 삶의 의미가 있다고 자네도 생각하나? 무슨 일이 일어날지라도? 그것을 체험했다면, 우리는 헛산 것이 아니겠지? 정열은 그렇게 심오하고 잔인하고 웅장하고 비인간적인가? 그것은 사람이 아닌 그리움을 향해서만도 불타오를 수 있을까? 이것이 질문일세. 아니면 선하든 악하든 신비스러운 어느 한 사람만을 향해서, 언제나 그리고 영원히 정열적일 수 있을까? 우리를 상대방에 결합시키는 정열의 강도는 그 사람의 특성이나 행위와는 관계가 없는 것일까? 할 수 있으면 대답해주게."

그는 소리 높여 말한다. 마치 대답을 재촉하는 듯이 들린다.

"왜 나에게 묻나?"

상대방은 조용히 말한다.

"그렇다는 것을 자네가 더 잘 알고 있지 않은가."

그들은 머리끝에서 발끝까지 서로를 유심히 훑어

본다.

　장군은 숨을 깊이 들이마신다. 그는 문 손잡이를 누른다. 넓은 층계참에 그림자가 너울대고, 불빛이 춤을 춘다. 그들은 말없이 층계를 내려간다. 하인들이 촛불, 손님의 외투와 모자를 들고 달려온다. 현관 문밖에서 하얀 자갈 위를 구르는 마차 바퀴 소리가 들린다. 그들은 말없이 악수를 주고받으며 작별한다. 두 사람 다 깊이 몸을 숙인다.

20

장군은 그의 방으로 간다. 복도 끝에서 유모가 기다리고 있다.

"이제 마음이 좀 편해지셨어요?"

그녀가 묻는다.

"그렇네."

장군은 대답한다.

그들은 함께 방을 향해간다. 유모는 방금 자리에서 일어나 새벽일을 하러 가는 사람처럼 종종걸음으로 빠르게 걷는다. 장군은 지팡이를 짚고 천천히 발걸음을 옮겨놓는다. 그들은 그림들이 걸린 회랑을 지나간다. 크리스티나의 초상화가 걸려 있던 빈자리 앞에서 장군이 발걸음을 멈춘다.

"이제"

그는 말한다.

"그림을 다시 걸 수 있네."

"알았어요."

유모가 말한다.

"다 부질없는 일이지."

장군은 말한다.

"알고 있어요."

"잘 자게, 니니."

"안녕히 주무세요."

유모는 키발을 딛고, 뼈만 앙상한 주름살 투성이의 누르스름한 작은 손으로 장군의 이마에 성호를 긋는다. 그들은 서로 입을 맞춘다. 어설프고 짧은 기이한 입맞춤이다. 본 사람이 있다면 미소를 지었을 것이다. 그러나 모든 입맞춤이 그렇듯이 이것도 하나의 대답이다. 말로는 표현할 수 없는 물음에 대한 어설프고 다정한 대답.

옮긴이의 말

    헝가리의 문호 산도르 마라이는 1900년 당시 오스 트리아-헝가리 제국령이었던 소도시 카샤우(제1차 세계 대전 후 체코령이 되었으며, 현재는 슬로바키아의 영 토)에서 변호사의 아들로 태어났다. 그는 독일의 라 이프치히와 프랑크푸르트 암 마인, 베를린 대학에서 신문방송학을 공부했고, 라이프치히의 잡지『용龍』 과 저명한『프랑크푸르트 신문』의 문예란에 몇 년 동 안 기고했다. 그리고 파리에 10여 년 머무르면서 당 대의 위대한 시인들의 작품을 읽고 헝가리어로 번역 하는 한편, 신문에 글쓰는 일을 계속 했다.

    그의 선조는 독일의 작센 지방에서 헝가리로 이주 한 독일 사람이었다. 처음에 그의 가문은 독일 황제에 충성을 바치지만, 19세기 헝가리의 독립 운동에서는 헝가리 편에 섰다. "신념이나 태도로 보아 그들은 광적일 정도로 헝가리 사람이었다. 무엇보다도 나의 아버지와 삼촌이 그랬다"(『어느 시민의 고백』, 1934)라고 마라이는 쓰고 있다. 마라이 역시 자신이 헝가리 사람이라는 사실에 추호의 흔들림이 없었으며, 집에서 조부모와 독일어로 이야기할 정도로 독일어에 능통했지만 항시 자신의 모국어는 헝가리어라고 생각했다. 특히 그는 작가의 조국은 모국어뿐이라고 믿었다. "작가는 모국어 속에서만 살고 일할 수 있으며, 나의 모국어는 헝가리 말이었다"(『어느 시민의 고백』). 그래서 오랜 타국 생활 끝에 결국 그는 부다페스트로 돌아가 시와 여행기·희곡·소설을 발표하고, 1934년 자전적 소설 『어느 시민의 고백』으로 일약 세상의 주목을 받는다. 당시 마라이는 헝가리에서 영향력 있는 몇 안 되는 작가들 가운데 한 명이었다.

그러나 제2차 세계 대전 후 공산주의 체제의 헝가리에서 마라이는 자유에 대한 위협을 느낀다. 그는 전체주의 치하에 머무를 경우 자신에게 강요될 역할, "공산주의자들이 자비로운 듯 눈을 찡긋거리며……'시민 작가'에게 부여할 고통스럽고 우스꽝스러울 역할"(『나라, 나라』, 1972)을 환상 없이 인식한다. "폭

278

력적인 체제 안에서는 작가와 학자, 예술가들과 같이 정신을 창조하는 사람들에게 특별한 역할이 주어진다. 이런 체제 안에서는 정신을 창조하는 사람들이 단순히 존재하는 것만으로도 그 체제를 시인하는 순간이 온다. 옆에 서서 침묵할 뿐이라도 마찬가지다. 그가 현재하다는 사실이 폭력을 합법화한다"(『나라, 나라』). 그는 시인으로서의 자유, 존재와 정신의 자유를 지키고 불의와 폭력에 동조하지 않기 위해서, 1948년 "조건 없이, 흥정 없이, 귀향에의 희망 없이"(『나라, 나라』) 조국을 떠나기로 결심한다. 이후 마라이는 이탈리아·스위스·미국 등 세계 여러 곳을 떠돌며 망명 생활을 한다. 그러나 그는 헝가리어로 저술 활동을 계속하고, 작은 망명 출판사에서 책을 출판한다. 그는 일지에 이렇게 쓰고 있다. "어디로 떠밀려 가든지 나는 헝가리 작가로 남아 있을 것이다." 그는 사십일 년이라는 긴 망명 생활 후 1989년 2월, 89세의 나이로 망명지 캘리포니아에서 스스로 목숨을 끊는다. 이미 3년 전 일지에 "지나치게 오래 사는 것은 분별 없는 짓이다"라고 씌어 있다.

그는 『열정』(1942), 『에스터의 유언』(1939)을 비롯한 20여 권의 소설과『나라, 나라』『하늘과 땅』등의 수상록, 『바람은 서쪽에서 불어온다』(1964) 같은 여행기 등 많은 작품과 1938년부터 시작하여 세상을 떠날 때까지 집필한 일지를 남겼다. 일지는 파란만장한 삶을 산 마라이 개인의 장엄한 삶의 기록이면서, 커다란 수많은 사건으로 얼룩진 지난 세기가 남긴 인상적인 역사적 기록이라 할 수 있다. 그의 작품들은 인간의 본성과 영혼, 운명과 삶 같은 존재론적인 문제에서 출발한다. 특히 수상록과 일지는 두 번의 세계 대전, 공산주의와 민주주의의 대립과 같은 커다란 역사적 사건과 변혁 앞에서 인간 존재의 문제를 다루고 있다. 그는 인간의 정신이 범한 범죄를 의식하고 그 책임을 받아들이는 동시에 이를 증언하며 그 원인을 캐고자 한다. 이러한 책임 있는 작가 정신은 1934년에 발표한『어느 시민의 고백』에서 잘 드러난다. 여기에서 마라이는 자신이 유럽의 시민으로 태어났으며, "시민이라는 것이 소명"이라고 고백한다. 곧 시민으로 태어난 이상 시민의 이상理想을 고수하고, 유럽 대륙의 운명에 시민적인 책임을 의식해야 한다는 것이다. "나는 시민이었고, 나이 들어 타향을 떠도는 지금도 여전히 시민이다. 나에게 시민이라는 것은 신분이 아니었다. 나는 그것을 항상 소명으로 생각했다"(『정신의 망명』, 1960). 마라이 작품의 깊이와 무게는 바로 이러한 작가로서의, 시민으로서의 책임 의식에서 비롯된다. 그의 신념은 『어느 시민의 고백』 말미에 잘 나타나 있다.

"글을 쓸 수 있는 마지막 순간까지 나는, 충동에 대한 오성의 승리를 선포하고 죽음에의 동경을 제어할 수 있는 정신의 저항력을 믿은 시대와 세대가 있었다는 것을 증언하려 한다."

오랜 망명 생활을 하는 동안 마라이의 작품들은 헝가리에서 출판 금지되었으며, 세상 사람들에게서 완전히 잊혀졌다. 그러나 뛰어난 예술 작품은 언젠가는 빛을 보기 마련이라는 동서고금의 진리를 마라이의 문학은 다시 한번 증명했다. 1942년 처음 발표된 소설 『열정』은 1990년 정치적인 대전환 이후에야 헝가리에서 다시 간행될 수 있었다. 그러나 이 소설은 1998년 이탈리아에서 발행되면서 이미 고인이 된 저자의 운명을 뒤바꾸어놓는다. 『열정』은 이탈리아에서 베스트 셀러에 오르는 대성공(몇 달 만에 10만 부 이상이 팔림)을 거두었으며, 그 뒤를 이어 독일에서도 1999년 발간 이후 베스트셀러 자리를 지키고 있다. 비평은 "위대한 유럽 작가의 재발견"(라인 메르쿠어), "최고 수준의 재발견"(디 벨트)이라고 격찬을 아끼지 않았으며, 토마스 만, 프란츠 카프카, 로베르트 무질 같은 거장들과 산도르 마라이를 비견한다. 이 소설 하나로 잊혀진 거나 진배없던 헝가리의 시민 작가 산도르 마라이는 뒤늦게나마 세계 문학사에서 제자리를 찾았으며, 『열정』에 이어 그의 다른 주옥같은 작품들도 다시 빛을 보고 있다.

잊혀졌던 소설 『열정』이 발표된 지 반세기 이상 지난 지금 다시 많은 이들의 심금을 울린다면, 그 이유는 어디에 있는가? 소설의 외면적인 구성은 간단하다. 어린 시절부터 24년 동안 거의 언제나 형제처럼 붙어 지냈던 두 친구가 헤어진 지 사십일 년 만에 만나 하룻밤 동안에 나누는 대화가 소설의 내용을 이룬다. 그러나 이 간단해 보이는 소설의 배후에는 삶과 운명, 사랑과 진실에 대한 마라이의 깊은 인식과 성찰이 자리하고 있다. 존재의 심연에 뿌리를 두고 있는 인간의 본성과 심성을 정확하게 꿰뚫고 묘사한 문학은 예로부터 시공의 제약을 뛰어넘어 많은 이의 마음을 사로잡고 힘을 발휘했다.

주인공 헨릭은 어느 날, 쌍둥이 형제처럼 지낸 절친한 친구와 사랑하는 아내에게 기만당한 것을 안다. 존재를 뿌리까지 송두리째 뒤흔드는 이 갑작스러운 사건은 결국 세 사람의 인생을 파괴한다. 친구 콘라드는 말 한마디 없이 세상의 다른 끝으로 종적을 감추고, 삶의 양지 쪽에서 부족함 없는 삶을 영위하던 헨릭은 배신감과 절망에 휩쓸려 고독으로 칩거한다. 그리고 한 집에 살면서도 가혹하게 팔 년 동안 침묵을 지키는 남편과 비겁하게 도주한 연인 사이에서 헨릭의 아름다운 부인은 결국 죽음을 택한다. 그러나 헨릭, 노 장군은 살아서 친구를 기다린다. 오로지 이 기다림 때문에 그는 분노와 절망, 고독 속에서도 오랜 세월 목숨을 부지할 수 있다. 그는 보이는 현실 이면에 숨어 있는 진실, 즉 어떻게 그런 일이 일어날 수 있었으며 그것은 인간의 본성과 어떤 관계를 가지고 있는지 알고 싶어한다. 마침내 죽음을 앞둔 인생의 황혼에서 콘라드가 돌아오고, 헨릭의 독백이나 다름없는 대화를 통해 사십일 년 전 서로 세상에서 가장 소중하게 여겼던 세 사람을 파괴한 드라마가 서서히 우리 앞에 펼쳐진다. 마라이는 오묘하게 결합한 수정의 한 면한 면을 보여주듯이, 짧고 응축된 언어로 비밀에 덮여있던 지난 사건을 불러낸다. 동시에 그는 사랑과 정열, 우정과 신의, 진실과 거짓, 자긍심에 대한 문제를 냉정하고 단호하게 끝까지 파고든다. 성찰과 사건은 서로 맞물려 긴장을 고조시키고 사건의 깊이를 더하면서 사랑과 증오, 배반과 분노의 교향곡을 엮어낸다. 이와 같이 삶의 여러 가지 문제들을 끝까지 추적하면서도 극적 긴장을 유지하고 독자를 사로잡는 뛰어난 기교에서 마라이의 높은 예술성을 분명하게 확인할 수 있다.

왜 그런 비극적인 사건이 일어났으며, 이런 비극앞에서 인간은 어떻게 과연 현명하게 대처할 수 있을까. 마라이는 사랑과 우정이 빚어낸 비극의 원인과 비극 앞에 선 인간의 혼란과 갈등을 파헤치기 위해서 인간의 내면에 웅크리고 있는 여러 가지 존재론적인 문제들로 거슬러 올라간다. 명예와 신의를 목숨처럼 소중히 여기고 현실의 삶에 충실한 부류와, 현실에서 한

걸음 뒤로 물러나 정신과 예술을 좇는, 삶의 다른 기슭에 선 부류, 두 부류로 인류를 가르는 인간 존재의 이원성, 운명과 삶과의 관계, 타고난 본성이나 성격이 삶에서 하는 역할의 문제 등이 집약적으로 전개된다. 결국 마라이는 우리 인간들은 살면서 부딪히는 중요한 문제들에 말이 아니라 삶으로, 전 생애로 대답한다고 결론짓는다.

긴 밤을 지새면서 지난 일을 돌이킨 다음 새벽녘, 일흔다섯 살의 노 장군은 말한다. "어느 날 우리의 심장, 영혼, 육신으로 뚫고 들어와서 꺼질 줄 모르고 영원히 불타오르는 정열에 우리 삶의 의미가 있다고 자네도 생각하나? 무슨 일이 일어날지라도? 그것을 체험했다면, 우리는 헛산 것이 아니겠지?" 목숨을 바칠 정도로 아내를 사랑하면서도 분노와 배신감 때문에 죽게 내버려둔 그의 회한 어린 이런 고백에는 우리 인간의 어쩔 수 없는 본성과 이 본성에서 비롯되는 운명에 대한 깊은 인식이 깔려 있다. 우리는 자신이 진정으로 원하는 것을 잘 모를 뿐 아니라, 안다 해도 대부분 원하는 것과는 다르게 행동한다. 세상을 떠난 아내를 그리워하며 나머지 인생을 보내는 것이 자신의 운

285

명이었다는, 죽음을 앞둔 노인의 고백 앞에서 우리는 인간으로서의 한계와 슬픔을 느끼지 않을 수 없다.

마라이는 인물과 사건을 가차없이 냉정하고 정밀하게 해부하고, 의식적으로 정확하게 언어를 사용한다. 그렇기 때문에 그의 언어는 수식이 없이 간결하면서도 낱말이나 문장 하나 하나에 깊은 뜻이 응축되어 있다. 이 시적인 깊이로 인해서 그의 문장들은 더없이 아름답게 느껴지면서 한 편의 시와도 같이 독자를 빨아들인다. 감동적인 선율이 인간의 마음을 울리고 긴 여운을 남기듯이, 그의 글은 마음 깊이 파고들어 자신과 주변을 돌아보게 만든다. 우리는 과연 우리 내면의 목소리에 귀를 기울였고, 삶의 많은 장벽을 뛰어넘어 사랑과 우정의 법칙에 충실했는가?

끝으로 한 편의 시와 같은 이 아름다운 소설을 통해 산도르 마라이, 나아가 우리에게는 미지의 세계인 헝가리 문학의 한 줄기 빛을 소개할 수 있기를 바라 마지않는다.

옮긴이 김인순

고려대학교 독어독문학과를 졸업하고 독일 칼스루에 대학에서 수학했으며, 고려대학교 대학원 독어독문학과에서 박사학위를 받았다. 현재 고려대학교에 출강 중이다. 독일 서적을 우리말로 옮기는 작업을 하고 있다. 옮긴 책으로는『기발한 자살 여행』『하늘이 내린 곰』(아르토 파실린나) 등이 있다.

열정

1판 1쇄 발행	2001년 6월 18일
개정판 6쇄 발행	2024년 4월 5일

지은이	산도르 마라이
옮긴이	김인순
펴낸이	임양묵
펴낸곳	솔출판사

주소	서울시 마포구 와우산로29가길 80(서교동)
전화	02-332-1526
팩스	02-332-1529
블로그	blog.naver.com/sol_book
이메일	solbook@solbook.co.kr
출판등록	1990년 9월 15일 제10-420호

한국어판 ⓒ 솔출판사, 2001

ISBN   979-11-86634-92-9   03890